mitologia
NÓRDICA

mitologia NÓRDICA

H.A. Guerber

TRADUÇÃO DE
ALEXANDRE BARBOSA DE SOUZA

VOLUME I

EDITORA
NOVA
FRONTEIRA

Título original: *Myths of the Norsemen: From the Eddas and Sagas*

Direitos de edição da obra em língua portuguesa no Brasil adquiridos pela EDITORA NOVA FRONTEIRA PARTICIPAÇÕES S.A. Todos os direitos reservados. Nenhuma parte desta obra pode ser apropriada e estocada em sistema de banco de dados ou processo similar, em qualquer forma ou meio, seja eletrônico, de fotocópia, gravação etc., sem a permissão do detentor do copirraite.

EDITORA NOVA FRONTEIRA PARTICIPAÇÕES S.A.
Rua Candelária, 60 – 7º andar – Centro – 20091-020
Rio de Janeiro – RJ – Brasil
Tel.: (21) 3882-8200

IMAGEM DE CAPA:
Christiane Mello e Karina Lopes | ESTÚDIO VERSALETE
(Composição feita a partir dos desenhos presentes no painel externo da Igreja de Urnes, Noruega.)

DADOS INTERNACIONAIS DE CATALOGAÇÃO NA PUBLICAÇÃO (CIP)
(CÂMARA BRASILEIRA DO LIVRO, SP, BRASIL)

Guerber, Hélène A.
    Mitologia nórdica — Volume I / Hélène A. Guerber ; tradução Alexandre Barbosa de Souza. — 1. ed. — Rio de Janeiro : Nova Fronteira, 2021.

    240 p.
    Título original: Myths of the Norsemen: From the Eddas and Sagas
    ISBN 978-65-56401-19-5

    1. Deuses 2. Magia 3. Mitologia nórdica 4. Rituais
    I. Título.

20-55216   CDD-220.95

ÍNDICES PARA CATÁLOGO SISTEMÁTICO:
1. Mitologia nórdica : Religião 293.13
Aline Graziele Benitez – Bibliotecária – CRB-1/3129

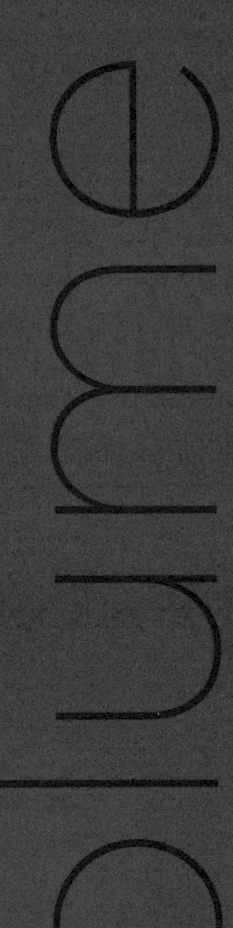

INTRODUÇÃO, 6

I. O INÍCIO, 11

II. ODIN, 29

III. FRIGGA, 59

IV. THOR, 79

V. TYR, 107

VI. BRAGI, 119

VII. IDUNA, 129

VIII. NJORD, 139

IX. FREY, 149

X. FREYA, 165

XI. ULLER, 177

XII. FORSETI, 183

XIII. HEIMDALL, 189

XIV. HERMOD, 199

XV. VIDAR, 205

XVI. VALI, 211

XVII. AS NORNAS, 219

XVIII. AS VALQUÍRIAS, 229

Introdução

Hoje em dia, a importância fundamental dos rústicos fragmentos de poesia preservados na literatura islandesa antiga não é contestada por ninguém. No entanto, até recentemente existia uma enorme indiferença em relação à riqueza da tradição religiosa e do folclore mítico desses fragmentos.

O longo desdém por tais registros preciosos desses ancestrais pagãos não é culpa do material, no qual todas as reminiscências de suas crenças religiosas estão conservadas. Afinal, seguramente se pode afirmar que a *Edda* é tão rica em termos de essências do romance nacional e da imaginação de um povo, por mais rústica que seja, quanto a mitologia mais graciosa e idílica do Sul. Tampouco isso se deve a alguma fraqueza na concepção das deidades em si, pois, embora elas não atinjam grande elevação espiritual, os principais estudiosos da literatura islandesa concordam que elas se destacam, rudes e massivas, como as montanhas escandinavas. Demonstram "um espírito de vitória, superior à força bruta, superior à mera matéria, um espírito de luta e superação".[1] "Mesmo tendo parte do material de seus mitos extraída de outras mitologias, os nórdicos deram a seus deuses um espírito nobre, virtuoso, grandioso, e os elevaram a um nível muito peculiar."[2] De fato, essas velhas canções nórdicas contêm certa verdade, uma verdade e uma grandeza internas e perenes. Trata-se não de uma grandeza meramente do corpo e massa gigantescos, mas de uma grandeza rústica da alma.[3]

A introdução do cristianismo no Norte trouxe consigo a influência das culturas clássicas, e isso acabou suplantando o

---

1. *Northern Mythology* [Mitologia nórdica], [Friedrich] Kauffmann.
2. Halliday Sparling.
3. *Heroes and Hero Worship* [Heróis e veneração aos heróis], Carlyle.

gênio nativo, de modo que a mitologia e a literatura estrangeiras da Grécia e de Roma passaram a fazer cada vez mais parte do imaginário dos povos nórdicos à medida que a literatura e as tradições nativas foram sendo negligenciadas.

Sem dúvida, a mitologia nórdica exerceu profunda influência nos costumes, leis e língua anglo-saxões e houve, portanto, uma grande inspiração inconsciente que permeou a literatura inglesa. Os traços mais característicos dessa mitologia são um humor singularmente sombrio, que não é encontrado na religião de nenhum outro povo, e um veio trágico e obscuro que percorre toda a trama. Esses aspectos, que abarcam ambos os extremos, estão inscritos de modo evidente na literatura inglesa.

Mas, em comparação com a rica inspiração helênica, pouco se percebe de uma influência consciente da mitologia nórdica, e se observarmos a arte moderna a diferença fica ainda mais aparente.

Essa indiferença pode ser atribuída a muitas causas, mas se deveu primeiro ao fato de que as crenças religiosas desses ancestrais pagãos não eram adotadas com muita persistência. Daí o sucesso da política mais ou menos ponderada dos primeiros missionários cristãos de emaranhar as crenças pagãs e mesclá-las na nova fé, da qual se pode ver um interessante exemplo na transferência para a festa cristã da Páscoa dos atributos da deusa pagã Eostre, cujo nome deu origem ao inglês *Easter* [Páscoa]. A mitologia nórdica foi nesse sentido detida antes de atingir seu pleno desenvolvimento, e o progresso do cristianismo acabou relegando-a ao limbo das coisas esquecidas. Seu sistema abrangente e inteligente, no entanto, em forte contraste com a desconexa mitologia grega e romana, constituiu a base de uma fé moderadamente racional que preparou os nórdicos para receber os ensinamentos do cristianismo, ensejando assim sua própria dissolução.

As crenças religiosas do Norte não se refletem com exatidão na *Edda em Verso*. Na verdade, apenas uma paródia da fé desses ancestrais foi preservada na literatura nórdica. O antigo poeta amava alegorias, e sua imaginação se alvoroçava entre as concepções de sua musa prolífica. "Seus olhos ora se demoravam nas montanhas até que os picos nevados assumissem traços humanos e o gigante de pedra ou de gelo descesse com passos pesados; ora ele contemplava o esplendor da primavera, ou dos campos estivais, até que aparecessem Freya com seu colar reluzente, ou Sif com seus longos cachos dourados."[4]

Nada nos é dito a respeito de ritos sacrificiais e religiosos, e todo o resto é omitido sem fornecer material para um tratamento artístico. A chamada mitologia nórdica, portanto, pode ser considerada mais uma relíquia preciosa dos primórdios da poesia nórdica do que uma representação das crenças religiosas dos escandinavos, e esses fragmentos literários conservam muitos sinais do estágio de transição em que a fé antiga e a nova claramente se confundiram.

Mas, não obstante as limitações impostas pela longa negligência, é possível reconstruir em parte um panorama das antigas crenças nórdicas — o leitor comum, por exemplo, pode tirar bom proveito do elucidativo estudo de Carlyle em *Os heróis*. "Uma selva inextricável, desconcertante, de ilusões, confusões, falsidades e absurdos, cobrindo todo o campo da Vida!", ele as chama, com toda razão. Mas Carlyle prossegue demonstrando, com igual verdade, que na alma desse culto rústico de natureza distorcida havia uma força espiritual buscando se expressar. O que nós sondamos sem grande veneração, eles viam com espanto reverente e, quando não compreendiam, logo deificavam, como qualquer criança sempre tendeu a fazer em todas as épocas da história do mundo. De fato, eles cultuavam heróis, de acordo com Carlyle, e o ceticismo não tinha lugar em sua singela filosofia.

Era a infância do pensamento contemplando um universo cheio de divindade, e acreditando com toda a sinceridade e convicção. Um povo generoso procurando no escuro ideais melhores do que aqueles que conheciam. O Ragnarök viria a destituir seus deuses por terem decaído de seus padrões mais elevados.

4. *Northern Mythology* [Mitologia nórdica], [Friedrich] Kauffmann.

Devemos agradecer a um fenômeno curioso pela preservação do tanto de material do antigo folclore que ainda conservamos. Embora influências estrangeiras estivessem corrompendo a língua nórdica, ela permaneceu praticamente inalterada na Islândia, que havia sido colonizada a partir do continente pelos nórdicos fugindo da opressão de Haroldo I, o Belos-Cabelos, depois de sua esmagadora vitória na Batalha do Fiorde de Hafrs. Esses povos levaram consigo sua veia poética, que já havia se manifestado e que lançou novas raízes naquele terreno árido. Muitos dos antigos poetas nórdicos eram nativos da Islândia, e no início da era cristã, um serviço crucial foi prestado à literatura nórdica pelo padre cristão Semundo, que devotamente reuniu uma grande quantidade de poesia pagã em uma coleção conhecida como *Edda em Verso*, o principal pilar do atual conhecimento sobre a religião dos nórdicos antigos. A literatura islandesa continuou sendo um livro lacrado, no entanto, até o final do século XVIII, e muito lentamente desde então vem conquistando terreno, apesar da indiferença, ao ponto de hoje haver sinais de que acabará obtendo êxito. "Conhecer a Fé antiga", diz Carlyle, "nos traz a uma relação mais íntima e mais clara com o Passado — com nossos próprios bens do Passado. Pois o Passado inteiro é uma propriedade do Presente; sempre teve algo de verdadeiro, e é um pertence precioso."

As poderosas palavras de William Morris sobre a *Saga dos Volsungos* bem podem ser citadas como introdução a esta reunião de mitos nórdicos: "Esta é a grandiosa história do Norte, que deveria ser para todo o nosso povo o que a Lenda de Troia foi para os gregos — para o nosso povo primeiro, e depois, quando as mudanças no mundo o transformarem em apenas um nome de algo que um dia existiu, uma história também, então ela deve ser, para aqueles que vierem depois de nós, não menos importante do que a Lenda de Troia foi para nós."

O início

Mitos de criação

Embora os arianos que viviam na Europa Setentrional supostamente fossem, segundo alguns especialistas, oriundos do planalto do Irã, no coração da Ásia, o clima e o cenário dos países onde por fim se estabeleceram tiveram grande influência na formação de suas primeiras crenças religiosas, assim como no ordenamento de seu modo de vida.

As paisagens grandiosas e acidentadas da Europa Setentrional, o sol da meia-noite, os raios fulgurantes da aurora boreal e o oceano quebrando contínua e furiosamente contra os grandes icebergs do Círculo Ártico não poderiam deixar de impressionar o povo tão vividamente quanto a quase miraculosa vegetação, a luminosidade perpétua, e os mares e céus azuis de seu breve verão. Portanto não é de espantar que os islandeses, por exemplo, a quem devemos os mais perfeitos registros dessa crença, imaginassem, ao olhar ao redor, que o mundo havia sido criado de uma estranha mistura de fogo e gelo.

A mitologia nórdica é grandiosa e trágica. Seu tema principal é a luta perpétua das forças benevolentes da natureza contra as forças deletérias. Portanto seu caráter não é gracioso e idílico, como a religião da ensolarada região meridional, em que as pessoas podiam se deleitar sempre ao sol e os frutos da terra brotavam ao alcance das mãos.

Era muito natural que os perigos decorrentes da caça e da pesca sob aqueles céus inclementes e o sofrimento implícito nos invernos longos e frios, quando o sol nunca brilha, fizessem esses ancestrais verem o frio e o gelo como espíritos malévolos; e era pela mesma razão que invocavam com fervor especial as influências benéficas do calor e da luz.

Quando questionados a respeito da criação do mundo, os escaldos, ou poetas nórdicos, cujas canções estão preservadas nas Eddas e Sagas, declararam que, no início, quando ainda não existia terra nem mar,

IMAGEM
O gigante com a espada flamejante
J.C. DOLLMAN

nem ar, quando a escuridão pairava sobre tudo, havia um ser poderoso chamado Pai de Todos, a quem vagamente concebiam como incriado e invisível, e tudo acontecia conforme a sua vontade.

Na aurora do tempo, havia no centro do espaço um grande abismo chamado Ginnungagap, a fenda das fendas, o golfo escancarado, cuja profundidade nenhum olhar era capaz de sondar, pois era envolto em perpétuo crepúsculo. Ao norte dessa região, havia um espaço ou mundo conhecido como Niflheim, terra da névoa e da escuridão, no centro do qual borbulhava a inexaurível fonte Hvergelmir, o caldeirão fervilhante cujas águas supriam 12 grandes rios conhecidos como Elivagar. Conforme as águas desses rios corriam rapidamente da nascente e encontravam as rajadas frias do golfo escancarado, elas imediatamente se congelavam em imensos blocos de gelo, que caíam nas incomensuráveis profundezas do grande abismo com um rugido contínuo semelhante ao trovão.

Ao sul desse abismo sombrio, na direção oposta a Niflheim, a terra da neblina, havia outro mundo chamado Muspelheim, terra do fogo elemental, onde tudo era calor e luminosidade, e cujas fronteiras eram continuamente protegidas por Surt, o gigante flamejante. Esse gigante brandia ferozmente sua espada luminosa e espalhava sem cessar grandes chuvas de fagulhas, que caíam chiando sobre os blocos de gelo do fundo do abismo e os derretiam parcialmente com seu calor.

Grande Surtur, de espada flamejante,
Ao sul do portão de Muspel, sempre vigilante,
E chegam centelhas do fogo divino,
Trazendo vida, do mundo ígneo.
VALHALLA, JULIA CLINTON JONES

Ymir e Audhumbla

Quando o vapor se erguia em nuvens, encontrava outra vez o frio predominante e era transformado em geada ou escarcha, que, camada por camada, preencheu o grande espaço central. Assim, pela ação contínua do frio e do calor — e também provavelmente pela vontade do incriado e invisível —, uma criatura gigantesca chamada Ymir, a personificação do oceano congelado, ganhou vida em meio aos blocos de gelo no abismo e, por ter nascido da geada, também ficou conhecida como Hrimthurs, ou gigante de gelo. Esse gigante também assume o nome de Orgelmir (barro escaldante).

> *Nos primórdios,*
> *Nos tempos de Ymir,*
> *Era areia, sem mar,*
> *Nem ondas frescas,*
> *Nem terra à vista,*
> *Nem céu acima;*
> *Tudo era caos,*
> *Sem grama alguma.*
> SÆMUND'S EDDA [EDDA DE SEMUNDO]
> (TRADUÇÃO INGLESA DE HENDERSON)

Tateando no escuro em busca de algo para comer, Ymir encontrou uma vaca gigante chamada Audhumbla (a nutriz), que havia sido criada da mesma maneira que ele, também do gelo e do calor. Dirigindo-se às pressas até ela, o gigante de gelo notou com satisfação que do úbere da vaca fluíam grandes rios de leite, que forneceriam ampla nutrição.

Todas as vontades dele foram assim satisfeitas; mas a vaca, procurando comida para si mesma, começou a lamber o sal de um bloco de gelo ao lado com sua língua áspera. Ela continuou a fazer isso até que o primeiro fio de cabelo de um deus apareceu, e então a cabeça inteira emergiu do invólucro congelado, até que aos poucos Buri (o produtor) ficou inteiramente livre do gelo.

Enquanto a vaca estava ocupada com isso, Ymir havia adormecido. No tempo em que ele dormia, um filho e uma filha nasceram da transpiração de suas axilas, e seus pés produziram o gigante de seis cabeças Thrudgelmir, que, pouco depois de nascer, gerou por sua vez o gigante Bergelmir, de quem descenderam todos os malignos gigantes de gelo.

> *Debaixo da axila*
> *De Hrimthurs, nasceram juntos*
> *Um menino e uma menina;*
> *Dos pés unidos daquele*
> *Sábio gigante surgiu*
> *Um filho de seis cabeças.*
> SÆMUND'S EDDA [EDDA DE SEMUNDO]
> (TRADUÇÃO INGLESA DE THORPE)

Odin, Vili e Vé

Quando esses gigantes souberam da existência do deus Buri e de seu filho Borr (nascido), a quem Buri imediatamente havia gerado, começaram a guerrear contra eles, pois, como os deuses e os gigantes representavam as forças opostas do bem e do mal, não havia esperança de que vivessem juntos em paz. A luta continuou aberta durante eras, sem que nenhum partido obtivesse uma vantagem clara, até que Borr se casou com a giganta Bestla, filha de Bolthorn (espinho do mal), que lhe deu três poderosos filhos: Odin (espírito), Vili (vontade) e Vé (sagrado). Esses três filhos imediatamente lutaram ao lado do pai contra os hostis gigantes de gelo, e por fim conseguiram massacrar seu inimigo mais mortal, Ymir. Ao cair morto, o sangue jorrou das feridas do gigante em torrentes tão imensas que produziu um grande dilúvio, no qual toda a descendência de Ymir pereceu, com exceção de Bergelmir, que fugiu em um barco e foi com a esposa viver nos confins do mundo.

> *E toda a raça de Ymir afogaste,*
> *Menos um, Bergelmer: fugiu embarcado*
> *Ao teu dilúvio, e deu origem a gigantes.*
> BALDER DEAD [BALDER MORTO], MATTHEW ARNOLD

Ali ele fez sua morada, chamando o lugar de Jotunheim (lar dos gigantes), e gerou uma nova raça de gigantes de gelo, que herdaram suas inimizades, continuaram a disputa e estavam sempre dispostos a deixar sua terra desolada para atacar o território dos deuses.

Os deuses, na mitologia nórdica chamados Aesir (pilares e sustentáculos do mundo), havendo assim triunfado sobre seus inimigos e não estando mais envolvidos em guerra perpétua, então voltaram a atenção a seu entorno, na intenção de melhorar o aspecto desolado das coisas e inventar um mundo habitável. Depois das devidas ponderações, os filhos de Borr rolaram o imenso cadáver de Ymir para o abismo escancarado e começaram a criar um novo mundo com as partes do gigante.

A criação da terra

Da carne, eles fizeram Midgard (jardim do meio), como a terra foi chamada. Midgard foi colocado no centro exato do vasto espaço e inteiramente cercado pelas sobrancelhas de Ymir, à guisa de baluartes ou muralhas. A porção sólida de Midgard foi cercada pelo sangue ou pelo suor do gigante, que formou o oceano, enquanto seus ossos formaram as serras, seus dentes lisos, os penhascos, e seus cabelos cacheados, as árvores e a vegetação.

Satisfeitos com o resultado de seus primeiros esforços criativos, os deuses então tomaram o crânio pesadíssimo e o equilibraram habilmente como a abóbada dos céus acima da terra e do mar; e, espalhando o cérebro por todo o espaço abaixo, fizeram dos miolos as nuvens lanosas.

Da carne de Ymir
A terra foi criada,
De seu sangue o mar,
De seus ossos as montanhas,
De seus cabelos árvores e plantas,
De seu crânio os céus,
E de suas sobrancelhas
As potências sutis
Fizeram Midgard para os filhos do homem;
Mas do seu cérebro
As nuvens pesadas
Foram todas criadas.
NORSE MYTHOLOGY [MITOLOGIA NÓRDICA], R.B. ANDERSON

Para sustentar a abóboda celeste, os deuses posicionaram os fortes anões Nordri, Sudri, Austri e Vestri em seus quatro cantos, mandando que a carregassem nos ombros, e deles os quatro pontos cardeais receberam seus nomes atuais, Norte, Sul, Leste e Oeste. Para dar luz ao mundo criado, os deuses cravejaram a abóbada celeste com centelhas trazidas de Muspelheim, pontos de luz que cintilavam sem cessar através das trevas, como astros brilhantes. As mais vívidas dessas centelhas, no entanto, foram reservadas para a fabricação do Sol e da Lua, que foram colocados em belas carruagens douradas.

E do mundo ígneo, onde reina Muspel,
Mandaste buscar o fogo, e luzeiros fizeste:
Sol, Lua e estrelas, que penduraste no céu,
Marcando bem a divisa entre noite e dia.
BALDER DEAD [BALDER MORTO], MATTHEW ARNOLD

Quando todos esses preparativos foram terminados, e os corcéis Arvak (o madrugador) e Alsvid (o veloz) foram atrelados à carruagem solar, os deuses, temendo que os animais sofressem com a proximidade da esfera ardente, puseram sob suas cernelhas peles grossas cheias de ar ou alguma substância refrigerante. Também inventaram o escudo Svalin (o refrescante) e o colocaram na frente da carruagem, para protegê-los dos raios diretos do Sol, que de outra forma os teriam queimado e convertido a terra em cinzas. A carruagem da Lua foi, de modo similar, guarnecida com um corcel ligeiro chamado Alsvider (o agílimo); mas nenhum escudo foi necessário para protegê-lo dos raios brandos da Lua.

Máni e Sol

As carruagens estavam prontas, os corcéis estavam atrelados e impacientes para começar o que seria sua rotina diária, mas quem os conduziria pelo caminho certo? Os deuses se entreolharam, e a atenção deles foi atraída pelos belos filhos do gigante Mundilfari. Ele tinha muito orgulho dos filhos e os batizara em homenagem aos astros recém-criados, Máni (Lua) e Sol (Sol). Sol, a donzela solar, era esposa de Glaur (brilho), provavelmente um dos filhos de Surt.

Os nomes se mostraram bem atribuídos, pois aos irmãos foi incumbida a condução dos corcéis de seus respectivos astros homônimos. Depois de ouvirem os conselhos dos deuses, eles foram transferidos para o céu e, dia após dia, cumpriam as tarefas devidas e conduziam seus corcéis pelos caminhos celestes.

Saibam que Mundilfœr é o sublime
Pai de Lua e de Sol;
Era após era hão de passar
Enquanto meses e dias seguem a marcar.
"HÁVAMÁL" (TRADUÇÃO INGLESA DE W. TAYLOR)

Os lobos perseguem Sol e Máni
J.C. DOLLMAN

Os deuses em seguida convocaram Nótt (noite), uma das filhas do gigante Norvi, e confiaram a ela a condução de uma carruagem escura, puxada por um corcel negro, Hrimfaxi (crina de gelo), de cuja crina ondulante caíam sobre a terra o orvalho e a geada.

> *Hrimfaxi é o corcel negro*
> *Do Leste que traz a noite,*
> *Carregado de chuvas de amor:*
> *Mastigando seu freio, espuma,*
> *E gotas de orvalho se espalham*
> *Adornando os vales terrenos.*
> VAFTHRUDNI'S-MAL [DISCURSO DE VAFTRUDENER]
> (TRADUÇÃO INGLESA DE W. TAYLOR)

A deusa da noite havia se casado três vezes e do primeiro marido, Naglfari, tivera um filho chamado Aud; do segundo, Annar, uma filha, Jord (terra); e do deus Dellingr (aurora), o terceiro marido, outro filho nasceu, este de radiante beleza, e recebeu o nome de Dag (dia).

Assim que os deuses se deram conta da existência desse belo ser, forneceram a ele também uma carruagem, puxada pelo corcel branco resplandecente Skinfaxi (crina reluzente), cuja crina brilhava em todas as direções, iluminando o mundo inteiro e levando luz e alegria a todos.

> *Partindo do Leste, ascendendo ao céu,*
> *Dia conduziu seu cintilante corcel.*
> BALDER DEAD [BALDER MORTO], MATTHEW ARNOLD

Os lobos Skoll e Hati

Mas como o mal sempre segue de perto as pegadas do bem, na esperança de destruí-lo, os antigos moradores das regiões nórdicas imaginaram que Sol e Lua eram incessantemente perseguidos pelos ferozes lobos Skoll (repulsa) e Hati (ódio), cujo único objetivo era dominar e engolir os objetos brilhantes diante deles, de modo que o mundo pudesse outra vez ser envolvido pela treva primordial.

> *Skoll chama-se o lobo*
> *Que a deusa de belo rosto*
> *Persegue rumo ao mar;*
> *Também o sublime Hati,*
> *É filho de Hrodvitnir;*
> *A ele antecede a donzela celeste.*
> SÆMUND'S EDDA [EDDA DE SEMUNDO] (TRADUÇÃO INGLESA DE THORPE)

Às vezes, diziam, os lobos dominavam e tentavam devorar sua presa, produzindo assim um eclipse dos astros celestes. Então o povo aterrorizado erguia um clamor tão ensurdecedor que os lobos, assustados pelo barulho, prontamente os largavam. Resgatados, Sol e Lua retomavam seu caminho, fugindo mais depressa do que antes, com os monstros famintos em seu rastro, ávidos pelo momento em que seus esforços prevaleceriam, ocasionando o fim do mundo. Pois os povos nórdicos acreditavam que, como seus deuses haviam nascido de uma aliança entre o elemento divino (Borr) e o mortal (Bestla), eles eram finitos e condenados a perecer com o mundo que criaram.

> *Mas mesmo nesses primórdios*
> *Havia presságios na aurora,*
> *Da luta feroz, do mortal choque*
> *Que haveriam de levar ao Ragnarök;*
> *Quando Bem e Mal, Vida e Morte,*
> *Desde então, conheceriam sua derradeira sorte.*
> VALHALLA, J.C. JONES

Máni era acompanhado também por Hiuki (crescente) e Bil (minguante), duas crianças que havia raptado da terra, onde um pai cruel as obrigava a carregar água a noite inteira. Os ancestrais nórdicos imaginavam ver essas crianças, o Jack e a Jill[5] originais, com seu balde em silhueta sobre a lua.

Os deuses não apenas incumbiram Sol, Lua, Dia e Noite de marcarem a passagem do ano, mas também chamaram Anoitecer, Meia-noite, Amanhecer, Manhã, Meio-Dia e Entardecer para compartilhar seus

5. A autora se refere aos protagonistas de uma canção infantil do folclore inglês muito popular chamada "Jack and Jill". (N.E.)

deveres, fazendo de Verão e Inverno regentes das estações. Verão, descendente direto de Svasud (meigo e amável), herdou do pai a disposição gentil e era amado por todos, com exceção de Inverno, seu inimigo mortal. Já este descendia de Vindsual, que por sua vez era filho do desagradável deus Vasud, a personificação do vento gelado.

> *Vindsual é o nome daquele*
> *Que gerou o deus do inverno;*
> *Verão, de Suasuthur nasceu:*
> *Ambos seguirão o caminho dos anos,*
> *Até o crepúsculo dos deuses.*
> VAFTHRUDNI'S-MAL [DISCURSO DE VAFTRUDENER]
> (TRADUÇÃO INGLESA DE W. TAYLOR)

Os ventos frios sopravam continuamente do Norte, resfriando toda a terra, e os nórdicos imaginaram que tais ventos eram postos em movimento pelo grande gigante Hræsvelgr (devorador de cadáver). Vestido em plumas de águia, ele ficava sentado na extremidade norte do céu e, quando erguia os braços — ou asas —, enviava as lufadas frias que varriam impiedosamente a superfície da terra, arruinando tudo com seu hálito gélido.

> *Hræsvelger é o nome daquele*
> *Sentado além do fim do céu,*
> *E do grande farfalhar de suas asas de águia*
> *Nascem as lufadas de vento.*
> VAFTHRUDNI'S-MAL [DISCURSO DE VAFTRUDENER]
> (TRADUÇÃO INGLESA DE W. TAYLOR)

Anões e elfos

Enquanto os deuses estavam ocupados na criação da terra e em fornecer sua iluminação, uma hoste de criaturas vermiformes estava sendo gerada na carne de Ymir. Esses seres toscos então atraíram a atenção divina. Convocando-os à sua presença, os deuses primeiro deram a eles formas e os dotaram de inteligência sobre-humana, e depois os dividiram em dois grandes grupos. Os que eram sombrios, traiçoeiros e astutos por natureza foram banidos para Svartalfheim, a terra dos anões soturnos, situada no subsolo, de onde não tinham permissão de sair durante o dia, sob pena de serem transformados em pedra. Foram chamados de anões, trolls, gnomos ou kobolds, e gastavam todo seu tempo e energia explorando os recantos secretos da terra. Coletavam ouro, prata e pedras preciosas, que armazenavam em fendas ocultas, de onde podiam retirá-los à vontade. O restante dessas pequenas criaturas, incluindo todas as que eram belas, boas e úteis, os deuses chamaram de fadas e elfos, e mandaram-nas morar no domínio aéreo de Alfheim (terra dos elfos da luz), situado entre o céu e a terra, de onde seus habitantes podiam saltar para baixo sempre que quisessem para cuidar das plantas e das flores, para brincar com os pássaros e as borboletas e dançar na relva sob o luar prateado.

Odin, que havia sido o principal espírito condutor em todas essas empreitadas, então mandou os deuses, seus descendentes, seguirem-no até a grande planície chamada Idawold, muito acima da terra, do outro lado do grande rio Ifing, cujas águas jamais congelavam.

Águas fundas e turvas do Ifing
Separam os filhos da terra
Da moradia dos Deuses:
Flui caudalosa a correnteza,
Gelo nenhum detém seu curso
Enquanto girar a roda das Eras.
VAFTHRUDNI'S-MAL [DISCURSO DE VAFTRUDENER]
(TRADUÇÃO INGLESA DE W. TAYLOR)

No centro do espaço sagrado, que desde o início do mundo havia sido reservado para a morada deles, chamado Asgard (terra dos deuses), os 12 Aesir (deuses) e as 24 Asynjor (deusas) se reuniram a pedido de Odin. Então se formou um grande conselho, no qual foi decretado que não se derramaria sangue dentro dos limites da terra dos deuses, ou lugar da paz, e que essa harmonia deveria durar ali eternamente. Outra consequência da reunião foi a forja criada pelos deuses para elaborar todas as armas e ferramentas necessárias para construir, a partir de metais preciosos, palácios magníficos onde viveram por muitos longos anos em um estado de felicidade tão perfeita que esse período foi chamado de Idade do Ouro.

A criação do homem

Embora os deuses tivessem desde o início planejado Midgard, ou Mannheim, como morada do homem, a princípio não havia nenhum ser humano para habitá-la. Certo dia, Odin, Vili e Vé, segundo alguns estudiosos, ou Odin, Hoenir (brilhante) e Lodur, ou Loki (fogo), saíram juntos para passear na praia, onde encontraram duas árvores — o freixo, Ask, e o olmo, Embla — ou dois blocos de madeira esculpidos rusticamente à semelhança da forma humana. Os deuses primeiro olharam intrigados para a madeira inanimada; então, percebendo a utilidade que poderiam ter, Odin deu almas a essas toras, enquanto Hoenir lhes concedeu movimento e sentidos, e Lodur contribuiu com o sangue e os traços.

Dotados portanto de fala e pensamento, e com capacidade de amar, ter esperança e trabalhar, além de terem recebido a vida e a morte, o homem e a mulher recém-criados foram deixados para reinar sobre Midgard como bem entendessem. Aos poucos, eles foram povoando a região com seus descendentes, enquanto os deuses, lembrando-se de que haviam dado vida aos humanos, tinham um interesse especial por tudo o que eles faziam, zelavam por eles e muitas vezes os ajudavam e protegiam.

A árvore Yggdrasil

Em seguida, o Pai de Todos criou um imenso freixo chamado Yggdrasil, a árvore do universo, do tempo ou da vida, que preenchia o mundo inteiro. Ela lançava raízes não só nas profundezas mais remotas de Niflheim, onde borbulhava a fonte Hvergelmir, mas também em Midgard, perto do Poço de Mimir (oceano), e em Asgard, perto da fonte Urdar.

Tendo fincado essas três grandes raízes, a árvore atingiu uma altura tão maravilhosa que seu ramo mais alto, chamado Lerad (pacificador), sombreava a residência de Odin, enquanto os outros ramos espalhados assomavam sobre os outros mundos. Uma águia ficava pousada no ramo Lerad, e entre os olhos dela se empoleirava o falcão Vedfolnir, lançando seus olhares penetrantes para o céu, a terra e Niflheim, lá embaixo, relatando tudo o que via.

Como as folhas de Yggdrasil estavam sempre verdes, jamais murchavam, serviam de pasto para a cabra de Odin, Heidrun, que fornecia o hidromel celestial, a bebida dos deuses, e também para os cervos Dain, Dvalin, Duneyr e Durathor, de cujos chifres gotejava melado sobre a terra e forneciam água para todos os rios do mundo.

No borbulhante Hvergelmir, perto da grande árvore, um terrível dragão em forma de serpente chamado Nidhug continuamente roía as raízes, auxiliado por inúmeros vermes nessa tarefa destruidora, cujo objetivo era matar a árvore, sabendo que sua morte seria o sinal para a ruína dos deuses.

Por toda a vida nos espreita um inimigo maldito,
O cruel Nidhug do mundo inferior.
Ele odeia a luz divina cujo raio bendito
Na fronte e na espada do herói reflete fulgor.
VIKING TALES OF THE NORTH [CONTOS VIKINGS DO NORTE],
R.B. ANDERSON

Saltando continuamente para cima e para baixo pelos galhos e pelo tronco da árvore, o esquilo Ratatosk (perfurador de galho), o típico intrometido e bisbilhoteiro, passava o tempo repetindo ao dragão lá embaixo as observações da águia lá em cima, e vice-versa, na esperança de provocar uma disputa entre eles.

A ponte Bifrost

Evidentemente, era essencial que a árvore Yggdrasil fosse mantida em perfeitas condições de saúde, e essa tarefa era cumprida pelas Nornas, tecelãs dos destinos, que diariamente a borrifavam com as águas sagradas da fonte Urdar. Essa água, escorrendo para a terra pelos galhos e folhas, supria as abelhas de mel.

De cada extremidade de Niflheim, erguendo-se em arco bem acima de Midgard, ficava a ponte sagrada Bifrost (Asabru, o arco-íris), feita de fogo, água e ar, que conservava os tons cintilantes e cambiantes desses elementos, e sobre a qual os deuses viajavam em direção à terra ou à fonte Urdar, aos pés do freixo Yggdrasil, onde diariamente se reuniam em conselho.

> *Os deuses se levantaram,*
> *Montaram seus cavalos e partiram*
> *Pela ponte Bifrost, onde Heimdall vigia,*
> *Até o freixo Igdrasil e a planície Ida.*
> *Thor veio a pé, o resto em montaria.*
> BALDER DEAD [BALDER MORTO], MATTHEW ARNOLD

De todos os deuses, apenas Thor, deus do trovão, jamais passava pela ponte, temendo que seus passos pesados ou o calor de seus raios pudessem destruí-la. O deus Heimdall ficava vigiando e patrulhando a ponte noite e dia. Armado com uma espada cortante, ele carregava também uma trompa chamada Gjallarhorn, em que soprava uma nota suave para anunciar a passagem dos deuses, mas na qual soaria um toque terrível quando viesse o Ragnarök, e os gigantes de gelo e Surt se unissem para destruir o mundo.

> *Surt vem do Sul*
> *Com chama bruxuleante;*
> *Brilha em sua espada*
> *O sol do deus Val.*
> *As colinas de pedra cambaleiam,*
> *As gigantas cambaleiam*
> *Os homens seguem o rumo de Hel,*
> *E o céu é fendido.*
> SÆMUND'S EDDA [EDDA DE SEMUNDO]
> (TRADUÇÃO INGLESA DE THORPE)

Os Vanas

Embora os moradores originais do céu fossem os Aesir, ou Ases, eles não eram as únicas divindades dos povos nórdicos. Estes também reconheciam o poder dos deuses do mar e do vento, os Vanas, ou Vanir, que moravam em Vanaheim e regiam seus domínios como bem lhes aprouvesse. Nos primórdios, antes que os palácios dourados fossem construídos em Asgard, surgiu uma disputa entre os Aesir e os Vanas, e eles recorreram às armas, usando pedras, montanhas e icebergs como mísseis na contenda. Mas logo descobriram que só a união fazia a força e acertaram suas diferenças, fizeram as pazes e, para ratificar o tratado, trocaram reféns.

Foi assim que Njord, um Vana, foi residir em Asgard com os dois filhos, Frey e Freya, enquanto Hoenir, um dos Aesir, irmão do próprio Odin, foi morar em Vanaheim.

Odin

II

O pai dos deuses e dos homens

Odin, Wotan ou Woden era o mais elevado e mais sagrado deus dos povos nórdicos. Ele era o espírito onipresente do universo, a personificação do ar, o deus da sabedoria universal e da vitória, e o líder e protetor dos príncipes e dos heróis. Como todos os deuses supostamente descendiam dele, foi apelidado Pai de Todos e, como mais velho e chefe entre os deuses, ocupava o trono mais elevado em Asgard. Conhecido pelo nome de Hlidskialf, esse assento era não apenas um trono famoso, mas também uma poderosa torre de vigia, de onde ele podia supervisionar o mundo inteiro e ver de pronto tudo o que estava acontecendo entre deuses, gigantes, elfos, anões e homens.

> *Do salão do Céu, ele partiu a cavalo*
> *Até Lidskialf, e sentou em seu trono,*
> *Cerro de onde seus olhos varrem o mundo.*
> *E longe do Céu, ele voltou suas órbitas luminosas*
> *Para zelar por Midgard, a terra e os homens.*
> BALDER DEAD [BALDER MORTO], MATTHEW ARNOLD

Aparência pessoal de Odin

Ninguém além de Odin e sua esposa e rainha, Frigga, tinha o privilégio de usar esse trono, e, quando eles estavam sentados ali, geralmente olhavam para o sul e para o oeste, destino de todas as esperanças e viagens dos povos nórdicos. Odin costumava ser representado como um homem alto, vigoroso, de cerca de cinquenta anos, ora com cabelos escuros e cacheados, ora com uma longa barba grisalha e a cabeça calva. Usava roupa cinza, com capuz azul, e seu corpo musculoso era envolvido por um longo manto azul, salpicado de cinza — um emblema do céu com suas nuvens lanosas. Na mão, Odin quase sempre levava

IMAGEM
Odin e Brunhilda
K. DIELITZ

a infalível lança Gungnir, tão sagrada que um juramento feito sobre sua lâmina jamais poderia ser quebrado e, no dedo ou no braço, usava o maravilhoso anel Draupnir, emblema da fertilidade, de valor incomparável. Sentado em seu trono ou armado para batalha, motivo pelo qual costumava descer à terra, Odin usava seu elmo de águia; mas quando perambulava pacificamente pela terra disfarçado de humano, para ver o que os homens estavam fazendo, usava um chapéu de aba larga, bem afundado sobre a testa, para não notarem que ele só tinha um olho.

Dois corvos, Hugin (pensamento) e Munin (memória), empoleiravam-se em seus ombros quando ele se sentava no trono, e Odin os enviava toda manhã para o mundo, aguardando ansioso seu retorno ao anoitecer, quando eles sussurravam em seus ouvidos as notícias de tudo o que haviam visto e ouvido. Assim ele ficava bem informado sobre todas as coisas que aconteciam na terra.

Hugin e Munin
Voam todos os dias
Sobre a terra vasta.
Receio que Hugin
Um dia não volte,
Mas temo ainda mais por Munin.
NORSE MYTHOLOGY [MITOLOGIA NÓRDICA],
R.B. ANDERSON

Aos pés dele, ficavam dois lobos ou cães de caça, Geri e Freki, animais consagrados a ele e considerados de bom agouro caso cruzassem o caminho de alguém. Odin alimentava esses lobos com as próprias mãos, dando-lhes carne — ele mesmo não precisava de alimento e raras vezes provava alguma coisa além do hidromel sagrado.

Geri e Freki
O beligerante sacia,
O triunfante senhor das hostes;
Mas só de vinho

O famoso guerreiro
Odin, se basta.
LAY OF GRIMNIR [LAI DE GRIMNIR]
(TRADUÇÃO INGLESA DE THORPE)

Quando sentado em seu trono, Odin descansava os pés em um escabelo de ouro, obra dos deuses, cuja mobília e cujos utensílios eram todos feitos desse precioso metal ou de prata.

Além do magnífico salão Gladsheim, onde ficavam os 12 assentos ocupados pelos deuses quando se reuniam em conselho, e de Valaskjalf, onde ficava seu trono, Hlidskialf, Odin tinha um terceiro palácio em Asgard, no maravilhoso bosque Glasir, cujas folhas cintilantes eram de ouro vermelho.

Valhala

Esse palácio, chamado Valhala (salão dos mortos escolhidos), tinha 540 portas, grandes o bastante para dar passagem a oitocentos guerreiros lado a lado, e sobre o portão principal havia a cabeça de um javali e uma águia cujo olhar penetrante alcançava os recantos mais remotos do mundo. As paredes do maravilhoso edifício eram feitas de lanças reluzentes, tão bem polidas que iluminavam o salão. O teto era feito de escudos dourados, e os bancos, decorados com elaboradas armaduras, presentes dos deuses a seus convidados. Ali longas mesas permitiam ampla acomodação para os Einherjar, guerreiros caídos em combate, que eram especialmente favorecidos por Odin.

É fácil reconhecer,
Para quem vai ter com Odin,
A mansão pelo aspecto.
O teto feito de lanças,
O salão de escudos ornado,
De couraças os bancos cobertos.
LAY OF GRIMNIR [LAI DE GRIMNIR]
(TRADUÇÃO INGLESA DE THORPE)

Os antigos povos nórdicos, que consideravam a guerra a mais honrosa das ocupações e a coragem a maior das virtudes, adoravam Odin principalmente como deus da batalha e da vitória. Eles acreditavam que, sempre que um combate era iminente, Odin enviava suas ajudantes especiais, chamadas Valquírias (as que escolhem os mortos) — donzelas do escudo e da batalha, que atendiam desejos —, e elas selecionavam metade dos guerreiros abatidos para levar em seus corcéis velozes pela ponte tremulante do arco-íris, Bifrost, até Valhala. Recebidos pelos filhos de Odin, Hermod e Bragi, os heróis eram conduzidos aos pés do trono de Odin, onde lhes era concedido o louvor devido à sua coragem. Quando algum favorito do deus era assim conduzido a Asgard, o Valfodr (pai dos abatidos), como Odin era chamado quando presidia cerimônias com os guerreiros, às vezes se levantava de seu trono e ia pessoalmente dar as boas-vindas no grande portão da entrada.

O banquete dos heróis

Além da glória de tal distinção e do prazer de desfrutar da presença amada de Odin dia após dia, outros prazeres mais materiais aguardavam os guerreiros em Valhala. Generosos entretenimentos eram-lhes oferecidos nas longas mesas, onde belas virgens de braços branquíssimos, as Valquírias, havendo tirado a armadura e vestido túnicas muito alvas, serviam os guerreiros com assídua atenção. Essas donzelas — nove, segundo alguns estudiosos — serviam aos heróis grandes cornos cheios de delicioso hidromel e punham diante deles imensas porções de carne de javali, nas quais eles se refestelavam. A bebida nórdica mais comum era a cerveja, ou *ale*, mas os nórdicos antigos acharam essa bebida muito rústica para a esfera celeste. Eles portanto imaginaram que o Valfodr mantinha sua mesa sempre fartamente servida de hidromel, que todos os dias era fornecido em grande abundância por sua cabra Heidrun, que continuamente pastava nas folhas e ramos tenros de Lerad, o galho mais alto de Yggdrasil.

Dura guerra e arriscada batalha, seu deleite;
E prematura e rubra de feridas gloriosas,
A morte inquieta, sua escolha: daí provém

> *O direito de se fartar dos pratos imortais*
> *À mesa de Odin; cujo teto reluzente ecoa*
> *O rumor festivo dos espectros caídos*
> *Em combate desesperado ou outra bravura.*
> LIBERTY [LIBERDADE], JAMES THOMSON

A carne com que se banqueteavam os Einherjar era a do javali divino Saehrimnir, um animal maravilhoso, morto a cada dia pelo cozinheiro Andhrimnir e fervido no grande caldeirão Eldhrímnir. Embora os convidados de Odin tivessem um genuíno apetite nórdico e se fartassem de tudo, havia sempre carne em abundância para todos.

> *Andhrimnir cozinha,*
> *No Eldhrímnir,*
> *Saehrimnir;*
> *É a melhor das carnes;*
> *Mas poucos provam*
> *O que comem os einherjes.*
> LAY OF GRIMNIR [LAI DE GRIMNIR],
> VERSÃO DE ANDERSON

Além do mais, o estoque era inesgotável, pois o javali sempre voltava à vida antes da próxima refeição. Essa miraculosa renovação de alimentos na despensa não era a única ocorrência maravilhosa em Valhala. Dizia-se que os guerreiros, depois de comerem e beberem até se fartarem, sempre pediam suas armas, equipavam-se e montavam seus cavalos até o grande pátio, onde combatiam uns contra os outros, repetindo os feitos bélicos pelos quais ficaram famosos na terra, e imprudentemente se infligiam terríveis ferimentos, que, no entanto, eram miraculosa e completamente curados assim que soava o toque do jantar.

> *Os seletos convidados de Odin*
> *Exercem diariamente o ofício da guerra;*
> *Dos campos de combate festivos*

Céleres partem, armados e reluzentes,
E alegres, à mesa dos deuses,
Esvaziam suas taças de cerveja
E comem a famosa carne de Saehrimni.
VAFTHRUDNI'S-MAL [DISCURSO DE VAFTRUDENER]
(TRADUÇÃO INGLESA DE W. TAYLOR)

Curados e felizes ao toque do berrante, e sem guardar ressentimentos pelos golpes cruéis dados e recebidos, os Einherjar cavalgavam alegremente de volta a Valhala para renovar seus banquetes na amada presença de Odin, enquanto as Valquírias, de alvos braços e cabelos esvoaçantes, deslizavam graciosamente ao seu redor, constantemente lhes enchendo os cornos ou suas taças favoritas, os crânios de seus inimigos, enquanto os escaldos cantavam canções sobre a guerra e os saques dos intrépidos vikings.

E o dia inteiro se lanham e se cortam,
Na lama, gemidos, membros mutilados e sangue;
Mas à noite voltam todos ao salão de Odin
Intactos e refeitos: eis o que lhes cabe no céu.
BALDER DEAD [BALDER MORTO], MATTHEW ARNOLD

Lutando e festejando assim, os heróis, diziam, passavam seus dias em completo êxtase, enquanto Odin se deleitava com sua força e seu número, que, no entanto, previa não ser bastante para impedir sua queda quando o dia da batalha final chegasse.

Como esses eram os maiores prazeres que a fantasia de um guerreiro nórdico podia figurar, era muito natural que todos os combatentes amassem Odin e, muito cedo na vida, começassem a se dedicar a seu serviço. Eles juravam morrer de arma em punho, se possível, e até golpearem-se com as próprias lanças quando o fim se aproximasse, caso tivessem a infelicidade de escapar à morte em campo de batalha e fossem ameaçados com uma "morte na palha", como chamavam o falecimento por idade ou doença.

> *A Odin, o jejum*
> *Esculpe belas rúnicas —*
> *Runas da morte cortam fundo em seu braço e peito.*
> VIKING TALES OF THE NORTH [CONTOS VIKINGS DO NORTE], R.B. ANDERSON

Em recompensa por essa devoção, Odin zelava com especial atenção por seus favoritos, dando-lhes presentes, uma espada mágica, uma lança ou um cavalo, e os tornava invencíveis até que chegasse sua hora final, quando ele mesmo aparecia para reivindicar ou destruir o presente que havia concedido, e as Valquírias conduziam os heróis até Valhala.

> *Ele deu a Hermod*
> *Um elmo e uma couraça,*
> *E dele Sigmund*
> *Uma espada recebeu.*
> LAY OF HYNDLA [LAI DE HYNDLA] (TRADUÇÃO INGLESA DE THORPE)

Sleipnir

Quando Odin tomava parte ativa na guerra, em geral montava seu corcel cinzento de oito patas, Sleipnir, e carregava um escudo branco. Sua lança reluzente voando sobre as cabeças dos combatentes era o sinal para que a contenda começasse, e ele galopava em meio às fileiras berrando seu grito de guerra: "Odin está com todos vocês!"

> *E Odin vestiu*
> *Sua ofuscante couraça e seu elmo de ouro,*
> *E partiu na frente montando Sleipnir.*
> BALDER DEAD [BALDER MORTO], MATTHEW ARNOLD

Às vezes ele usava seu arco mágico, com o qual atirava dez flechas de uma vez, cada uma delas invariavelmente matando um inimigo. Conta-se que Odin também inspirava seus guerreiros favoritos com a famosa "fúria Berserker" (sem *sark*, ou sem camisa), que lhes permitia, mesmo nus, sem armas e feridos, realizar proezas inéditas de valor e força, e se mover como seres encantados.

Odin possuía numerosas características, assim como elementos onipresentes, além de diversos nomes, nada menos que duzentos, quase todos descritivos de algum aspecto de suas atividades. Era considerado o antigo deus dos marinheiros e do vento.

> *Poderoso Odin,*
> *Corações nórdicos se curvam diante de ti!*
> *Guia nossos barcos, todo-poderoso Woden,*
> *Sobre o tumultuoso Báltico.*
> VAIL

A caçada selvagem

Odin, como deus do vento, era representado galopando pelos ares em seu corcel de oito patas, o que deu origem à mais antiga parlenda nórdica, que diz o seguinte: "Quem são os dois cavalgando até a Criatura? Com três olhos, dez pés e uma cauda: e assim viajam pelas terras." E como se dizia que as almas dos mortos eram levadas nas asas da tormenta, Odin era adorado como líder de todos os espíritos desencarnados. Nessa caracterização, ele costumava ser conhecido como o Caçador Selvagem e, quando o povo ouvia o barulho e o rugido do vento, gritava bem alto com medo supersticioso, imaginando ter ouvido e visto Odin passar com seu séquito, todos montados em corcéis relinchantes e acompanhados por cães que uivavam. E a passagem dos Caçadores Selvagens, conhecidos como os Caçadores de Woden, a Hoste Furiosa, os Cães de Gabriel ou Asgardreia, era também considerada um presságio de infortúnio grave, como uma peste ou uma guerra.

> *Flui claro o Reno; mas logo suas ondas*
> *A voz da guerra ouvirão,*
> *E o choque das lanças em nossos montes*
> *E uma trompa ao longe soarão;*
> *E os bravos ficarão na turfa sangrenta,*
> *Pois os Caçadores aqui passaram!*
> THE WILD HUNTSMAN [O CAÇADOR SELVAGEM], FELICIA HEMANS

Pensava-se ainda que, se alguém fosse sacrílego a ponto de se juntar à gritaria selvagem em tom de zombaria, seria na mesma hora arrebatado e desapareceria levado pela hoste evanescente. Já aqueles que se juntassem à gritaria com boa-fé seriam recompensados com uma perna de cavalo lançada do céu no mesmo instante, a qual, se fosse mantida cuidadosamente até a manhã seguinte, acabaria se transformando em um lingote de ouro.

Mesmo depois da introdução do cristianismo, parte do povo nórdico ainda temia a chegada de uma tempestade, dizendo que eram os Caçadores Selvagens percorrendo o céu.

E muita vez se sobressalta,
Pois lá no alto correm os cães de Gabriel,
Condenados pelo senhor cruel o cervo voador
A perseguir para sempre em terrenos aéreos.
SONNET [SONETO], WILLIAM WORDSWORTH

Às vezes os caçadores deixavam para trás um cachorrinho preto, que, assustado e ganindo diante de uma casa vizinha, precisava ser mantido por um ano inteiro e tratado cuidadosamente se não fosse possível exorcizá-lo ou espantá-lo. A receita de costume, a mesma para se livrar de crianças trocadas pelas fadas, era cozinhar cerveja em cascas de ovo, e esse procedimento supostamente apavorava tanto o cão espectral que ele fugiria com o rabo entre as pernas, exclamando que, embora fosse velho como Behmer, a floresta boêmia, nunca tinha contemplado visão mais bizarra.

Sou tão velho
Quanto a clareira de Behmer,
E em toda minha vida
Nunca vi cerveja igual.
ANTIGO DITADO (TRADUÇÃO INGLESA DE THORPE)

O objeto dessa caçada fantasmagórica variava muito, sendo ora um javali, ora um cavalo selvagem imaginário, donzelas de seios brancos que eram capturadas e levadas amarradas apenas uma vez a cada sete anos ou ninfas do bosque, chamadas Donzelas do Musgo, que representavam as folhas de outono arrancadas das árvores e carregadas pelos remoinhos do inverno.

Na Idade Média, quando a crença nas antigas divindades pagãs foi em parte esquecida, o líder da Caçada Selvagem não era mais Odin, mas Carlos Magno, Frederico Barba-Ruiva, o rei Arthur ou algum violador de sabás, como o Senhor de Rodenstein ou Hans von Hackelberg, que, como castigo por seus pecados, foi condenado a caçar para sempre nos domínios do ar.

Como os ventos eram mais ferozes no outono e no inverno, dizia-se que Odin preferia caçar nessas épocas, sobretudo no período entre o Natal e a Noite de Reis, e os camponeses tomavam sempre o cuidado de deixar o último punhado ou medida de grãos nos campos para servir de alimento ao cavalo do deus.

Evidentemente, essa caçada era conhecida por diversos nomes nos diferentes países da Europa Setentrional; mas, como as histórias a respeito dela são todas parecidas, fica claro que se originaram da mesma antiga crença pagã. Até hoje, o povo singelo do Norte imagina que o uivo de um cão em uma noite de tempestade é um infalível presságio da morte.

Mais e mais durará a terrível caçada,
Até que o próprio tempo seja findo;
De dia, esquadrinham a terra escarpada,
Na meia-noite das bruxas, vêm subindo.

Eis a trompa, e o cavalo, e o cão,
Que amiúde o camponês insone tem escutado;
Ele da cruz faz o sinal, horrorizado,
Quando os ventos em seu ouvido sopram.

O padre atento muitas vezes chora
Pelo infortúnio e dor humanos,
Quando em missa noturna ouve lá fora
O grito infernal de "Vamos, vamos!"
"THE WILD HUNTSMEN" [O CAÇADOR SELVAGEM], SIR WALTER SCOTT

A Caçada Selvagem, ou a Hoste Furiosa da Alemanha, foi chamada de Herlathing na Inglaterra, a partir do mítico rei Herla, seu suposto líder; no norte da França, ela ganhou o nome de Mesnée d'Hellequin, a partir de Hel, deusa da morte; e, na Idade Média, era conhecida como Caçada de Caim ou Caçada de Herodes, nomes dados porque os líderes supostamente não conseguiam ficar em paz pelos assassinatos cruéis de Abel e de João Batista, e pelo Massacre dos Inocentes.

Na França central, o Caçador Selvagem, representado em outros países por Odin, Carlos Magno, Barba-Ruiva, Rodenstein, von Hackelberg, pelo rei Arthur, Hel, por um dos reis suecos, Gabriel, Caim ou Herodes, é também chamado de Grande Caçador de Fontainebleau (*le Grand Veneur de Fontainebleau*). O povo afirma que, na véspera do assassinato de Henrique IV e também pouco antes de estourar a grande Revolução Francesa, seus gritos foram ouvidos enquanto ele percorria o céu.

Em geral, entre os povos nórdicos, se acreditava que a alma deixava o corpo na forma de um camundongo, que rastejava para fora do cadáver pela boca e fugia; também se dizia que a alma entrava e saía da boca das pessoas em transe. Enquanto a alma estivesse ausente, nenhum esforço ou remédio poderia trazer o paciente de volta à vida; mas, assim que a alma retornava, o corpo se reanimava.

O Flautista Mágico

Como Odin era líder de todos os espíritos desencarnados, ele foi identificado na Idade Média como o Flautista de Hamelin. Segundo lendas medievais, Hamelin estava tão infestada de ratos que a vida se tornou insuportável e uma grande recompensa foi oferecida para quem livrasse a cidade dos roedores. Um flautista de roupas coloridas ofereceu-se para assumir a empreitada e, acertados os termos, começou a tocar pelas ruas de tal maneira que todos os ratos foram atraídos de suas tocas até formarem uma enorme procissão. Havia algo naquelas notas que os compelia a segui-lo, até que por fim chegaram ao rio Weser, e todos os ratos se afogaram em suas águas.

> *Antes que três notas altas o flautista soprasse,*
> *Ouviu-se como se um exército murmurasse;*
> *E o murmúrio cresceu virando um ronco;*
> *E o ronco cresceu virando estrondo;*
> *E das casas os ratos saíram tontos.*
> *Grandes, pequenos, parrudos e magros,*
> *Marrons e pretos, cinzentos e pardos,*
> *Velhos se arrastando, jovens alegres e saltitantes,*
> *Pais e mães, tios e primos,*
> *De rabos erguidos e bigodes tremulantes,*
> *Famílias de ratos, dezenas e dúzias,*
> *Irmãos, irmãs, maridos e esposas –*
> *Seguiram o flautista pela vida toda.*
> *De rua em rua, o flautista avançando,*
> *E, passo a passo, os ratos dançando,*
> *Até chegarem ao rio Weser,*
> *Onde mergulharam e pereceram!*
> "THE PIED PIPER OF HAMELIN" [O FLAUTISTA DE HAMELIN],
> ROBERT BROWNING

Com os ratos todos mortos e sem chance de a praga retornar, o povo de Hamelin se recusou a pagar a recompensa, desafiando o flautista a confrontá-los. O flautista assim o fez, e logo depois as estranhas notas da flauta mágica soaram de novo, mas dessa vez foram as crianças que saíram em bando das casas e alegremente seguiram o músico.

> *Houve balbúrdia, parecia um alvoroço*
> *De multidões em tumulto, esticando o pescoço;*
> *Pezinhos pisando, tamanquinhos ruidosos,*
> *Mãozinhas batendo e criancinhas curiosas,*
> *E como aves de granja diante da cevada,*

Foram todas correndo para fora de casa.
Meninos e meninas novinhos,
De róseas bochechas e louros cachinhos,
Dentes perolados e olhos reluzentes,
Trôpegos, cambaleantes, correram animados
Atrás da música milagrosa com gritos e gargalhadas.
"THE PIED PIPER OF HAMELIN" [O FLAUTISTA DE HAMELIN],
ROBERT BROWNING

Os burgueses se viram impotentes para impedir a tragédia e, enquanto olhavam enfeitiçados, o flautista levou as crianças para fora da cidade, até o Koppelberg, um monte nos limites da vila, que miraculosamente se abriu para receber a procissão e só se fechou quando a última criança sumiu de vista. Essa lenda provavelmente deu origem à expressão inglesa *to pay the piper* (literalmente "pagar o flautista", pode ser traduzida como "pagar o preço", sofrer as consequências de alguma ação). As crianças nunca mais foram vistas em Hamelin e, para manter a memória dessa calamidade pública, todos os decretos oficiais desde então são datados em anos depois da visita do Flautista Mágico.

Tornaram decreto que jamais juristas
Julgassem seus registros datados devidamente
Se, após dia, mês e ano, não constassem
Essas palavras lavradas também,
"Tanto tempo depois do ocorrido
Aqui a vinte e dois de julho,
Mil e trezentos e setenta e seis"
E para melhor na memória marcar
O último refúgio das crianças,
Chamaram de Rua do Flautista —
Onde quem tocar flauta ou tambor
Certamente estará para perder seu labor.
"THE PIED PIPER OF HAMELIN" [O FLAUTISTA DE HAMELIN],
ROBERT BROWNING

Neste mito, Odin é o flautista, as notas estridentes da flauta são o emblemático sopro do vento sibilante, os ratos representam as almas dos mortos, que alegremente o seguem, e a montanha oca aonde ele leva as crianças é tipicamente a sepultura.

Bispo Hatto

Outra lenda germânica que deve sua existência a esta crença é a história do bispo Hatto, o prelado avarento, que, incomodado com os clamores dos pobres durante uma grande fome, os queimou vivos em um celeiro abandonado, como os ratos com quem dizia que os pobres se pareciam, em vez de lhes dar um pouco dos grãos preciosos que acumulara para si.

> *"Fiz uma fogueira excelente!", ele disse,*
> *"E o país tem grande dívida comigo*
> *Por livrá-lo nesses tempos tristes*
> *Dos ratos que só consomem o trigo."*
> "GOD'S JUDGMENT ON A WICKED BISHOP" [JUÍZO DE DEUS SOBRE UM BISPO CRUEL], ROBERT SOUTHEY

Logo após esse crime terrível ter sido cometido, os servos do bispo relataram a aproximação de uma imensa invasão de ratos. Estes, aparentemente, eram as almas dos camponeses assassinados, que haviam assumido a forma dos ratos com quem o bispo os comparara. Os esforços do bispo para escapar foram em vão, e os ratos o perseguiram até o meio do Reno, onde ele se refugiou de seus dentes afiados em uma torre de pedra. Os ratos invadiram a torre, abrindo caminho roendo as paredes de pedra e entrando por todos os lados, encontraram o bispo e o devoraram vivo.

> *E pelas janelas, e pela porta,*
> *E pelas paredes, em pandemônio jorram,*
> *E pelo teto, e subindo pelo assoalho,*
> *Pela direita e pela esquerda, pela frente e por trás,*
> *Por dentro e por fora, por cima e por baixo,*
> *E todos ao mesmo tempo ao Bispo atacam.*

Afiaram suas presas contra as pedras;
E agora os ossos do Bispo eles beliscam;
Roeram os ratos a carne de cada membro
Pois foram enviados para lhe dar julgamento!
"GOD'S JUDGMENT ON A WICKED BISHOP" [JUÍZO DE DEUS SOBRE UM BISPO CRUEL], ROBERT SOUTHEY

O clarão avermelhado do poente sobre a Mäuseturm, uma torre perto de Bingen, no Reno, seria um reflexo do fogo infernal em que o bispo cruel está lentamente sendo queimado como castigo por seu crime hediondo.

Irmin

Em algumas partes da Alemanha, Odin era considerado idêntico ao deus saxão Irmin, cuja estátua, o Irminsul, perto de Paderborn, foi destruída por Carlos Magno em 772. Dizia-se que Irmin possuía uma gigantesca carruagem de bronze, na qual percorria o céu seguindo o caminho que conhecemos como Via Láctea, mas que os antigos germânicos designavam Caminho de Irmin. Essa carruagem, cujo som retumbante às vezes chegava a ouvidos mortais como trovão, nunca deixava o céu, onde ainda pode ser avistada na constelação da Ursa Maior, que também é conhecida no Norte como Carro de Odin, ou de Carlos.

O Carro, que roda no alto
Por seu curso circular, e por Órion espera;
Único astro que nunca se banha no Oceano.
ILÍADA, HOMERO (TRADUÇÃO INGLESA DE EDWARD EARL OF DERBY)

O Poço de Mimir

Para obter a grande sabedoria pela qual ficou tão famoso, Odin, nos primórdios dos tempos, visitou o Poço de Mimir (memória) — "a fonte de toda astúcia e sabedoria", em cujas profundezas líquidas até o futuro era claramente refletido w e implorou ao velho que a protegia que lhe deixasse dar um gole. Porém Mimir, que sabia bem o valor de tal favor (pois seu poço era considerado a origem ou nascente da memória), negou-lhe a dádiva, a não ser que Odin consentisse em dar um de seus olhos em troca.

O deus não hesitou, tão alta era sua estima pela recompensa, e imediatamente arrancou um de seus olhos, que Mimir guardou consigo e mergulhou-o em seu poço, onde o olho brilhou com luminosidade discreta. Assim, Odin ficou com apenas um olho, o que é considerado um emblema do sol.

> *A vida inteira avançamos rumo ao Sol;*
> *A testa ardente é um olho de Odin.*
> *O outro é a Lua, de brilho mais brando;*
> *Foi posto em penhor na fonte de Mimer,*
> *Para que em troca as águas curativas,*
> *A cada manhã, fortalecessem seu olho.*
> "HAKON JARL", ADAM OEHLENSCHLÄGER
> (TRADUÇÃO INGLESA DE HOWITT)

Bebendo fartamente do Poço de Mimir, Odin ganhou o conhecimento que ambicionava e jamais se lamentou do sacrifício que fizera. Mas para se lembrar melhor daquele dia quebrou um galho da sagrada árvore Yggdrasil, que sombreava o poço, e fez com ele sua amada lança Gungnir.

> *Um deus intrépido*
> *Bebeu da água cintilante,*
> *Onde deixou em eterno*
> *Penhor a luz de um olho.*
> *Do Freixo do Mundo*
> *Wotan quebrou um galho;*
> *Para fazer uma lança*
> *Tomou com força parte do tronco.*
> O ANEL DO NIBELUNGO, RICHARD WAGNER
> (TRADUÇÃO INGLESA DE FORMAN)

Mas embora Odin tivesse se tornado onisciente, sentiu-se triste e oprimido, pois ganhara a previsão do futuro e a consciência da natureza transitória de todas as coisas e até mesmo do destino dos deuses, que estavam condenados a desaparecer. Esse conhecimento afetou de tal forma seu humor que, desde então, assumiu uma expressão melancólica e contemplativa.

Para testar o valor da sabedoria que havia dessa forma obtido, Odin foi visitar o mais erudito de todos os gigantes, Vaftrudener, e encetou uma disputa de inteligência com ele, cuja aposta era nada menos que a cabeça do perdedor.

Odin veloz se ergueu, e foi
Disputar saberes rúnicos
Com o sábio e engenhoso juto.
Ao salão real de Vaftrudener
Veio o poderoso rei dos feitiços.
VAFTHRUDNI'S-MAL [DISCURSO DE VAFTRUDENER],
(TRADUÇÃO INGLESA DE W. TAYLOR)

Odin e Vaftrudener

Nessa ocasião, Odin se disfarçou de andarilho, a conselho de Frigga, e quando lhe perguntaram seu nome, declarou que era Gagnrad. A disputa de inteligência começou de imediato, Vaftrudener questionando seu convidado a respeito dos cavalos que levavam Dia e Noite pelo céu, sobre o rio Ifing que separava Jotunheim de Asgard e também sobre Vigrid, o campo onde a batalha final seria travada.

Todas essas perguntas foram minuciosamente respondidas por Odin, que, ao fim das questões de Vaftrudener, começou por sua vez o interrogatório e recebeu respostas igualmente explícitas sobre a origem do céu e da terra, a criação dos deuses, suas disputas com os Vanas, as ocupações dos heróis em Valhala, as incumbências das Nornas e os regentes que substituiriam os Aesir quando todos eles houvessem perecido, assim como o mundo que haviam criado. Mas quando, ao concluir, Odin se inclinou para perto do gigante e suavemente perguntou que palavras o Pai de Todos havia sussurrado a seu filho morto, Balder, deitado em sua pira funerária, Vaftrudener de repente reconheceu o visitante divino. Consternado, ele recuou e declarou que ninguém senão o próprio Odin poderia responder àquela pergunta, que agora estava muito claro que se envolvera de forma insensata em uma disputa de sabedoria e astúcia com o rei dos deuses e que merecia a pena pelo fracasso, a perda da própria cabeça.

> Nenhum da raça mortal
> Sabe as palavras que disseste
> Ao teu filho nos tempos de outrora.
> Ouço passos da morte que chega;
> Logo tomará a sabedoria rúnica
> E o conhecimento da ascensão dos deuses,
> Da alma desgraçada que tentou
> Com o próprio Odin disputar
> Astúcia, justo com o mais astuto:
> Apostamos a vida e venceste.
> VAFTHRUDNI'S-MAL [DISCURSO DE VAFTRUDENER]
> (TRADUÇÃO INGLESA DE W. TAYLOR)

Como ocorre com muitos mitos nórdicos, por vezes fragmentados e obscuros, esse termina assim, e nenhum dos escaldos nos informa se Odin realmente matou seu rival nem qual era a resposta à sua última pergunta. Porém, os mitógrafos arriscaram sugerir que a palavra sussurrada por Odin no ouvido de Balder, para consolá-lo pela morte prematura, tenha sido "ressurreição".

A invenção das runas

Além de deus da sabedoria, Odin era o deus e o inventor das runas, o primeiro alfabeto dos povos nórdicos, cujos caracteres, que significavam mistérios, eram a princípio usados para adivinhação, embora posteriormente tenham servido para inscrições e registros. Assim como a sabedoria só podia ser obtida mediante sacrifício, o próprio Odin relata que ficou nove dias e noites pendurado na sagrada árvore Yggdrasil, olhando lá para baixo, contemplando a profundeza imensurável de Niflheim, mergulhado em profundos pensamentos e ferindo a si mesmo com sua lança até conquistar o conhecimento que buscava.

Sei que fiquei dependurado
Na árvore balançada pelo vento
Durante nove noites inteiras,
Ferido por uma lança,
E ofertado a Odin
Eu a mim mesmo;
Naquela árvore
Da qual ninguém sabe
De onde vem a raiz.
"ODIN'S RUNE SONG" [CANÇÃO RÚNICA DE ODIN]
(TRADUÇÃO INGLESA DE THORPE)

Depois de haver dominado por completo esse conhecimento, Odin lavrou runas mágicas de sua lança Gungnir, dos dentes de seu cavalo Sleipnir, das garras do urso e de inúmeras outras coisas animadas e inanimadas. E por ter ficado sobre o abismo por tanto tempo, ele foi para sempre considerado deus padroeiro de todos os condenados ao enforcamento ou perecidos pelo laço.

Depois de obter o dom da sabedoria e das runas, que lhe deu poder sobre todas as coisas, Odin também cobiçou o dom da eloquência e da poesia, que adquiriu da forma que relataremos no capítulo seguinte.

Geirröth e Agnar

Odin, como já foi dito, tinha grande interesse nos assuntos dos mortais e, conta-se, gostava especialmente de assistir os lindos filhinhos do rei Hrauthung, Geirröth e Agnar, quando tinham respectivamente oito e dez anos de idade. Um dia, esses rapazinhos foram pescar, e de repente começou uma tempestade que levou o barco para alto-mar. Eles acabaram parando em uma ilha onde vivia um casal de velhos, que na realidade eram Odin e Frigga disfarçados. Os deuses haviam assumido aquelas formas para saciar um súbito desejo de se aproximar de seus protegidos. Os garotos foram calorosamente recebidos e bem tratados, Odin escolhendo Geirröth como seu favorito e lhe ensinando o uso das armas, enquanto Frigga bajulava e elogiava o pequeno Agnar. Os meninos se demoraram na ilha com seus generosos protetores durante a longa e fria temporada de inverno, mas, quando chegou a primavera, o céu ficou azul e o mar acalmou, eles tomaram um barco fornecido por Odin e partiram em viagem para sua terra natal. Favorecidos por brisas suaves, logo avançaram; mas, quando o barco se aproximou da costa, Geirröth rapidamente pulou da embarcação e a empurrou na direção do mar, deixando o irmão à deriva navegando sob o controle de espíritos malignos. Naquele exato momento, o vento virou, e Agnar foi de fato levado para alto-mar, enquanto o irmão corria para o palácio do pai e contava uma história mentirosa sobre o que havia ocorrido com o menino. Ele foi recebido com alegria, como se voltasse dos mortos, e, passado algum tempo, sucedeu o pai no trono.

Os anos se passaram, no decorrer dos quais a atenção de Odin foi requisitada por outras importantes considerações, até que um dia, quando o divino casal estava sentado no trono Hlidskialf, o deus de repente se lembrou da temporada de inverno na ilha deserta e pediu que a esposa verificasse quão poderoso seu pupilo se tornara e a provocou dizendo que o favorito dela, Agnar, havia se casado com uma giganta e continuado pobre e irrelevante. Frigga suavemente respondeu que era melhor ser pobre do que cruel e acusou Geirröth de falta de hospitalidade — um dos crimes mais hediondos aos olhos de um nórdico. Frigga chegou ao ponto de afirmar que, apesar de toda a riqueza, Geirröth costumava maltratar seus convidados.

Quando Odin ouviu essa acusação, declarou que provaria a falsidade daquilo adotando o disfarce de um Andarilho e testando a generosidade de Geirröth. Envolto em seu manto cor de nuvem, com o chapéu de aba larga e o cajado de peregrino...

Andarilho me chama o mundo,
Longe levei meus pés,
Nas costas da terra
Sem paradeiro tenho vivido.
O ANEL DO NIBELUNGO, RICHARD WAGNER
(TRADUÇÃO INGLESA DE FORMAN)

Odin imediatamente partiu por um caminho tortuoso, enquanto Frigga, para ludibriá-lo, imediatamente mandou um veloz mensageiro avisar Geirröth para tomar cuidado com um homem de manto e chapéu de aba larga, pois se tratava de um feiticeiro cruel que lhe traria doença.

Quando, portanto, Odin se apresentou no palácio do rei, foi arrastado até a presença de Geirröth e interrogado bruscamente. O deus disse que se chamava Grimnir, mas se recusou a dizer de onde vinha ou o que queria, de modo que sua reticência confirmou a suspeita lançada na mente de Geirröth. Este, então, deixou irromper seu amor pela crueldade, mandando que o forasteiro fosse amarrado entre duas fogueiras, de tal maneira que as chamas bruxuleassem em volta dele sem tocá-lo, e que assim ficasse durante oito dias e noites, em obstinado silêncio, sem alimento. A essa altura, Agnar havia voltado secretamente ao palácio do irmão, onde ocupava uma posição subalterna, e certa noite, quando tudo estava em silêncio, com pena do sofrimento do infeliz prisioneiro, ele levou aos lábios do preso um corno com cerveja. Sem isso, Odin não teria tido nada para beber – a mais séria de todas as provações para o deus.

Ao final do oitavo dia, enquanto Geirröth, sentado em seu trono, se gabava dos sofrimentos de seu prisioneiro, Odin começou a cantar – a princípio baixinho, depois cada vez mais alto, até que o salão ecoou com suas notas triunfantes – uma profecia de que o rei, que por tanto tempo desfrutara dos favores do deus, em breve pereceria sob a própria espada.

O morto pela espada
Agora Ygg terá;
Agora tua vida acaba:
Iradas contigo estão as Dísir:
Odin agora tu verás:
Aproxima-te se puderes.
SÆMUND'S EDDA [EDDA DE SEMUNDO]
(TRADUÇÃO INGLESA DE THORPE)

Quando as últimas notas esmoreceram, as correntes se soltaram das mãos de Odin, as chamas bruxulearam e se apagaram, e ele se postou no meio do salão, não mais na forma humana, mas em todo o poder e a beleza de um deus.

Ao ouvir a profecia agourenta, Geirröth prontamente sacou sua espada na intenção de matar o insolente cantor. Porém, ao perceber a súbita transformação deste, assustou-se, tropeçou e caiu sobre a lâmina afiada, perecendo como Odin havia predito. Virando-se para Agnar, que segundo alguns relatos era filho do rei, e não seu irmão — pois essas histórias antigas são muitas vezes estranhamente confusas —, Odin mandou que ele ascendesse ao trono em recompensa por sua humanidade e, como retribuição pelo gole de cerveja em boa hora, prometeu abençoá-lo com todo tipo de prosperidade.

Em outra ocasião, Odin foi perambular pela terra e ficou ausente por tanto tempo que os deuses começaram a pensar que não o veriam nunca mais em Asgard. Isso estimulou seus irmãos Vili e Vé — que, aliás, alguns mitógrafos consideram outras personificações dele mesmo — a usurparem seu poder e seu trono, e mesmo, dizem, a se casarem com sua esposa, Frigga.

Cala-te, Frigg!
És filha de Fiorgyn
E sempre gostaste de homem,
Já que Vé e Vili, dizem,
Tu, mulher de Vidrir, puseste
Ambos em teu seio.
SÆMUND'S EDDA [EDDA DE SEMUNDO]
(TRADUÇÃO INGLESA DE THORPE)

Festivais de maio
Mas, com a volta de Odin, os usurpadores desapareceram para sempre; e, em comemoração do desaparecimento dos falsos reis, que reinaram por sete meses e não trouxeram nada além de infelicidade para o mundo, e do retorno da divindade benévola, os antigos nórdicos pagãos celebravam festivais anuais, que se manteriam por séculos como festi-

vidades do Dia de Maio. Esse festival era comemorado na Suécia com uma grande procissão conhecida como Cortejo de Maio, na qual um rei de Maio (Odin), enfeitado de flores, atirava brotos no Inverno (seu sucessor), coberto de peles, até obrigá-lo a fugir, humilhado. Na Inglaterra também o dia 1.º de maio era celebrado como uma ocasião festiva, na qual havia danças ao redor do Mastro de Maio e as Rainhas de Maio, Donzelas Marian e os *Jack-in-the-Greens* (homens vestindo um traje coberto de folhagens) assumiam papéis de destaque.

Como personificação do céu, Odin, evidentemente, era o amante e marido da terra, e, como para eles a terra continha três expressões, os nórdicos o consideravam um polígamo e atribuíam ao deus diversas esposas. A primeira esposa foi Jord (Erda), a terra primitiva, filha de Noite ou da giganta Fiorgyn. Ela gerou o famoso filho Thor, o deus do trovão. A segunda e principal esposa foi Frigga, uma personificação do mundo civilizado. Ela deu a ele Balder — ou Baldur, o deus gentil da primavera —, Hermod, e, segundo alguns estudiosos, Tyr. A terceira esposa foi Rinda, uma personificação da terra dura e congelada, que cede com relutância aos abraços quentes do marido, mas enfim dá à luz Vali, o símbolo da vegetação.

Também dizem que Odin se casou com Saga ou Laga, a deusa da história (daí o verbo *to say*, "dizer" em inglês), e que a visitava diariamente no salão de cristal de Sokvabek, sob um rio fresco e eterno, para beber suas águas e ouvir as canções que ela cantava sobre os velhos tempos e os povos extintos.

Alto Sokvabek, quarta morada;
Acima fluem ondas frescas;
Feliz bebem ali Odin e Saga
Todos os dias de taças douradas.
NORSE MYTHOLOGY [MITOLOGIA NÓRDICA], R.B. ANDERSON

Suas outras esposas foram Grid, mãe de Vidar; Gunlad, mãe de Bragi; Skadi; e as nove gigantas que simultaneamente deram à luz Heimdall — todas desempenhando papéis mais ou menos importantes nos vários mitos do Norte.

Odin histórico

Além desse Odin antigo, houve um personagem mais moderno, semi-histórico, com o mesmo nome, a quem foram atribuídas todas as virtudes, poderes e aventuras de seu predecessor. Ele era o líder dos Aesir, habitantes da Ásia Menor, que, fortemente pressionados pelos romanos e ameaçados com destruição ou escravidão, deixaram sua terra natal por volta do ano 70 a.C. e migraram para a Europa. Dizem que esse Odin conquistou a Rússia, a Alemanha, a Dinamarca, a Noruega e a Suécia, deixando um filho no trono de cada país conquistado. Ele também construiu a cidade de Odensö. Foi bem recebido na Suécia por Gylfi, o rei, que lhe deu parte do território e permitiu que fundasse a cidade de Sigtuna, onde Odin construiu um templo e introduziu um novo sistema de adoração. Há ainda outros relatos tradicionais de que, perto de seu fim, esse Odin mítico reuniu seus seguidores, publicamente se cortou nove vezes no peito com sua lança — uma cerimônia chamada "entalhar as sortes de Geir" — e disse que estava prestes a voltar para sua terra natal, Asgard, seu antigo lar, onde esperaria por eles, para compartilharem de uma vida de banquetes, bebedeiras e combates.

Segundo outro relato, Gylfi, tendo ouvido falar do poder dos Aesir, habitantes de Asgard, e desejando saber se os relatos eram verdadeiros, viajou para o Sul. Por fim chegou ao palácio de Odin, onde era esperado, e foi iludido pela visão de Har, Iafnhar e Thridi, três divindades, entronizadas uma sobre a outra. O guardião dos portões, Gangler, respondeu todas as perguntas de Gylfi e lhe deu uma longa explicação da mitologia nórdica, que está registrada na *Edda em Prosa*, e então, após terminar sua fala, subitamente desapareceu com o palácio em meio a um barulho ensurdecedor.

Segundo outros poemas muito antigos, os filhos de Odin, Weldegg, Beldegg, Sigi, Skiold, Saeming e Yngvi, tornaram-se reis da Saxônia Oriental, Saxônia Ocidental, Francônia, Dinamarca, Noruega e Suécia, e deles descenderam os saxões, Hengist e Horsa e as famílias reais das terras nórdicas. Outra versão ainda relata que Odin e Frigga tiveram sete filhos, que fundaram a heptarquia anglo-saxã. Ao longo do tempo, esse rei misterioso foi confundido com o Odin cujo culto ele introduziu, e todos os seus feitos foram atribuídos ao deus.

Odin era cultuado em numerosos templos, mas em especial no grande templo em Uppsala, onde os festivais mais solenes eram realizados e onde os sacrifícios eram oferecidos. A vítima era geralmente um cavalo, mas em épocas de necessidades mais prementes foram feitas oferendas humanas, e até o rei foi ofertado uma vez, para evitar uma grande fome.

Templo de Uppsala, onde o nórdico
Via bela imagem dos salões de Valhala aqui na terra.
VIKING TALES OF THE NORTH [CONTOS VIKINGS DO NORTE],
R.B. ANDERSON

O primeiro brinde em cada festividade era erguido em sua honra, e, além do dia 1.º de maio, um dia da semana foi consagrado a ele. A partir de seu nome saxão, Woden, esse dia foi chamado de *Woden's day*, do qual se derivou a palavra inglesa *Wednesday* [quarta-feira]. As pessoas costumavam se reunir em seu santuário nas ocasiões festivas, para ouvir as canções dos escaldos, que recebiam em troca de suas apresentações braceletes dourados, retorcidos nas pontas, que eram chamados de "serpentes de Odin".

Há poucos resquícios da antiga arte nórdica hoje em dia, e embora as estátuas rústicas de Odin tenham sido um dia muito comuns, todas desapareceram, pois eram feitas de madeira — um material perecível que, nas mãos dos missionários e especialmente do iconoclasta nórdico Olavo, o Santo, logo foi reduzido a cinzas.

Lá no Templo, em madeira entalhada,
A imagem do grande Odin conservada.
THE SAGA OF KING OLAVO [A SAGA DO REI OLAVO],
H.W. LONGFELLOW

Dizem que o próprio Odin deu a seu povo um código de leis por meio do qual governar sua conduta, em um poema chamado "Hávamál", ou Canção Elevada, que faz parte da *Edda*. Nesse lai, ele mostra a falibilidade humana, a necessidade da coragem, da temperança, da independência, da sinceridade, do respeito pelos mais velhos, da hospitalidade, da caridade, e do contentamento, e dá instruções para o funeral dos mortos.

> *Em casa, que o homem seja alegre,*
> *E com seus convidados generoso;*
> *De conduta sábia ele deve ser,*
> *De boa memória e língua hábil;*
> *Se desejar muito saber, deve*
> *Sempre falar sobre o que é bom.*
> "HÁVAMÁL" (TRADUÇÃO INGLESA DE THORPE)

Uma incursão viking
J.C. DOLLMAN

capítulo

Frigga

III

*Frigga fiando
as nuvens*
J.C. DOLLMAN

A rainha dos deuses

Frigga, ou Frigg, é considerada por alguns mitógrafos filha de Fiorgyn e irmã de Jord, e por outros, filha de Jord e Odin, com quem ela acabou se casando. Esse casamento provocou alegria geral em Asgard, onde a deusa era muito amada, tanto que para sempre se tornaria costume celebrar o aniversário da boda com banquete e música. A deusa também foi declarada padroeira do matrimônio, e nas festas de casamento faziam-se brindes em sua homenagem, além de a Odin e Thor.

Frigga era a deusa da atmosfera, ou das nuvens, e era representada usando roupas ora brancas como a neve, ora escuras, conforme seu humor, um tanto volúvel. Era rainha dos deuses, e apenas ela tinha o privilégio de se sentar no trono Hlidskialf, ao lado do augusto esposo. Assim, também podia vigiar o mundo e observar o que estava acontecendo. Além disso, segundo a crença dos povos nórdicos, Frigga conhecia o futuro, porém ninguém conseguia obrigá-la a revelá-lo, uma prova de que as mulheres nórdicas são capazes de guardar segredos.

De mim os deuses nasceram;
E todo o porvir eu sei, mas guardo
No peito e a ninguém revelo.
BALDER DEAD [BALDER MORTO], MATTHEW ARNOLD

Ela em geral era representada como uma mulher alta, bonita e imponente, coroada de plumas de garça — símbolo do silêncio e do esquecimento — e trajada em túnicas de branco puro, presas na cintura por uma cinta dourada, da qual pendia um molho de chaves, sinal característico da dona de casa nórdica, de quem se dizia ser ela a padroeira. Embora aparecesse com frequência ao lado do marido, Frigga preferia ficar em seu próprio palácio, chamado Fensalir, o salão das brumas ou do mar, onde ela cuidadosamente girava sua roca, fiando fios dourados ou tecendo longas teias de nuvens de cores vivas.

Para realizar esse trabalho, ela usava uma roca maravilhosamente cravejada de joias, que à noite brilhava no céu como uma constelação, conhecida no Norte como Roca de Frigga, enquanto os moradores do Sul chamam as mesmas estrelas de Cinturão de Órion.

Ao seu palácio Fensalir, a graciosa deusa convidava maridos e esposas que houvessem levado vidas virtuosas na terra, de modo que pudessem desfrutar da companhia um do outro mesmo depois da morte e nunca mais precisassem se separar.

No vale estreito, fica Fensalir, a casa
De Frea, venerável mãe dos deuses,
E mostra janelas acesas e portas abertas.
BALDER DEAD [BALDER MORTO], MATTHEW ARNOLD

Frigga era, portanto, considerada a deusa do amor conjugal e maternal, e era especialmente cultuada por amantes casados e pais afetuosos. Essa importante incumbência, contudo, não absorvia inteiramente os pensamentos dela, pois se conta que ela gostava muito de roupas e, sempre que aparecia diante dos deuses reunidos, seu traje era elaborado e elegante, e suas joias, escolhidas com muito bom gosto.

O **ouro** roubado

O amor de Frigga por adornos certa vez causou um lamentável desvio de conduta, pois, em sua ânsia de possuir um novo ornamento, ela furtou uma peça de ouro de uma estátua que representava seu marido recém-colocada no templo. O metal roubado foi entregue aos anões, com instruções para que fabricassem um colar maravilhoso para ela. Esse colar, quando ficou pronto, era tão resplandecente que realçou os encantos da deusa de forma extraordinária e até mesmo aguçou o amor de Odin por ela. Mas quando ele descobriu o roubo, convocou furioso os anões e mandou que revelassem quem havia ousado tocar sua estátua. Para não trair a rainha dos deuses, os anões permaneceram obstinadamente calados. Vendo que não conseguiria extrair nenhuma informação deles, Odin mandou que a estátua fosse colocada acima do portão do templo e se pôs a trabalhar para criar runas que a dotassem do poder da fala e a permitissem, assim, denunciar o ladrão. Quando Frigga ficou sabendo dessa notícia, estremeceu de medo e implorou que sua criada favorita, Fulla, inventasse algum meio de protegê-la da ira do Pai de Todos. Fulla, sempre a postos para servir sua senhora, imediatamente partiu, e logo voltou acompanhada de um anão hediondo, que prometeu impedir a estátua de falar caso Frigga se dignasse a sorrir graciosamente para ele em troca. Com essa dádiva concedida, o anão foi depressa ao templo, fez com que os guardas adormecessem profundamente e, enquanto estavam inconscientes, tirou a estátua do pedestal e a quebrou em pedaços, de modo que não poderia jamais trair o furto de Frigga, apesar de todos os esforços de Odin para dar à estátua o poder da fala.

Odin, descobrindo o sacrilégio no dia seguinte, ficou realmente furioso; tanto que partiu de Asgard e desapareceu, levando consigo todas as bênçãos que costumava derramar sobre os deuses e os homens. Segundo alguns estudiosos, os irmãos do deus, como já vimos, aproveitaram sua ausência para assumir a forma de Odin e garantir a posse de seu trono e de sua esposa. Porém, embora tivessem a aparência exata do deus, não foram capazes de restaurar as bênçãos perdidas e permitiram que os gigantes de gelo, ou Jotuns, invadissem a terra e a prendessem em seus grilhões gelados. Esses gigantes cruéis esmagaram as folhas e botões até que murchassem, deixaram as árvores nuas, cobriram a terra com um grande manto branco e com véus de brumas impenetráveis.

Mas, ao final de sete meses exaustivos, o verdadeiro Odin cedeu e voltou. Ao ver todo o mal que havia sido feito, expulsou os usurpadores, e obrigou os gigantes de gelo a abrandarem seu jugo sobre a terra e a libertarem de suas correntes gélidas. Então, o deus novamente derramou suas bênçãos sobre ela, alegrando-a com a luz de seu sorriso.

Odin ludibriado

Como já foi visto, Odin, embora deus da astúcia e da sabedoria, às vezes não era páreo para sua esposa Frigga, que sabia obter o que queria de uma maneira ou de outra. Em uma ocasião, o casal augusto estava sentado no Hlidskialf, contemplando com interesse os Vinilos e os Vândalos se prepararem para uma batalha que decidiria qual povo teria a supremacia dali em diante. Odin via com satisfação os Vândalos, que rezavam para ele pedindo a vitória; enquanto Frigga voltava sua atenção para os Vinilos, pois eles haviam pedido sua ajuda. Ela portanto se virou para Odin e persuasivamente perguntou a quem ele pretendia favorecer no dia seguinte. O deus, querendo escapar da pergunta, declarou que não tomaria nenhuma decisão, porque estava na hora de dormir, mas daria a vitória ao primeiro que visse ao abrir os olhos na manhã seguinte.

Essa resposta foi calculada com astúcia, pois Odin sabia que seu leito era virado para o lado dos Vândalos, e ele pretendia olhar para lá ainda deitado, em vez de esperar até se sentar no trono. Mas, embora sagaz, esse plano foi frustrado por Frigga, que, adivinhando o propósito do marido, esperou até que ele estivesse dormindo profundamente, e então, sem fazer barulho, virou o leito para que ele acordasse voltado para os favoritos dela. Então ela mandou os Vinilos vestirem suas mulheres com armaduras e enviá-las para a batalha ao amanhecer, com seus cabelos longos penteados com cuidado sobre os rostos e seios.

> *Peguem suas mulheres,*
> *Donzelas e esposas:*
> *Nos tornozelos*
> *Amarrem a calça branca de guerra;*
> *Sobre os seios*
> *Prendam as cotas de malha;*
> *Sobre os lábios*
> *Façam longas tranças com astúcia;*
> *Para que animais guerreiros barbados*
> *O rei Odin as considere,*
> *Quando na praia cinzenta*
> *Na aurora o saudarem.*
> THE LONGBEARDS' SAGA [A SAGA DOS LONGOBARDOS], CHARLES KINGSLEY

Essas instruções foram executadas com escrupulosa minúcia, e, quando Odin acordou na manhã seguinte, seu primeiro olhar consciente caiu sobre a hoste armada. Então ele exclamou, surpreso: "Quem são esses homens de longas barbas?" (Em alemão, a antiga palavra para "barbas longas" era *Langobarden*, o nome usado para designar os lombardos.) Frigga, ao ouvir essa exclamação, que ela havia previsto, imediatamente exclamou em triunfo que o Pai de Todos lhes dera um novo nome, e por honra era obrigada a seguir o costume nórdico de oferecer também um presente de batismo.

Um nome lhes deste,
Não envergonhes nem a ti, nem a eles
Pois eles bem o mereceram.
Dá-lhes a vitória,
Te saudaram primeiro;
Dá-lhes a vitória,
Meu companheiro!
THE LONGBEARDS' SAGA [A SAGA DOS LONGOBARDOS], CHARLES KINGSLEY

Odin, vendo que havia sido ludibriado de modo tão astuto, não hesitou, e, em memória da vitória que o favor dele lhes concedeu, os Vinilos conservaram o nome dado pelo rei dos deuses. Este desde então zelaria por eles com atenção especial, concedendo-lhes muitas bênçãos, entre elas um lar no Sul ensolarado, nas férteis planícies da Lombardia.

Fulla

Frigga tinha como criadas especiais uma série de belas donzelas, entre as quais Fulla (Volla), sua irmã, segundo alguns estudiosos, a quem ela confiou sua caixa de joias. Fulla sempre cuidava da toalete da senhora, tinha o privilégio de calçar seus sapatos dourados, acompanhava-a a toda parte, era sua confidente e muitas vezes a aconselhava sobre a melhor maneira de ajudar os mortais que imploravam seu socorro. Fulla era muito bonita, de fato, com longos cabelos dourados, que ela usava soltos sobre os ombros, contidos apenas por um arco ou um diadema dourado. E como seus cabelos eram um emblema do trigo dourado, esse diadema representava a amarração do feixe de trigo. Fulla também era conhecida como Abundia, ou Abundantia, em algumas partes da Alemanha, onde era considerada o símbolo da plenitude da terra.

Hlin, a segunda criada de Frigga, era a deusa da consolação, enviada para beijar os enlutados e secar suas lágrimas, despejando bálsamo em seus corações compungidos pelo luto. Ela também escutava sempre atentamente as orações dos mortais, levando-as até sua senhora e aconselhando-a, às vezes, sobre a melhor forma de responder e conceder o alívio desejado.

Gná

Gná era a ágil mensageira de Frigga. Montada em seu corcel veloz Hofvarpnir (escoiceante), ela viajava com rapidez extraordinária através do fogo e do ar, por terras e por mares, e era portanto considerada a personificação da brisa refrescante. Em disparada para cá e para lá, Gná via tudo o que estava acontecendo na terra e contava para sua senhora o que sabia. Certa ocasião, ao passar sobre Hunaland, ela viu o rei Rerir, descendente da linhagem de Odin, sentado triste na praia, chorando a ausência de filhos. A rainha do céu, que era também a deusa dos nascimentos, ao ficar sabendo disso pegou uma maçã (emblema da fertilidade) de sua própria despensa, deu-a a Gná e mandou que ela levasse a fruta ao rei. Com a rapidez do elemento que ela personificava, Gná partiu e, ao passar sobre Rerir, deixou a maçã cair no colo do rei com um sorriso radiante.

> *"O que voa no alto, que passa tão depressa?"*
> *A resposta veio das nuvens, em uma rajada:*
> *"Não voo, nem passeio, mas cavalgo,*
> *Escoiceante por nuvens, bruma e céu."*
> ASGARD AND THE GODS [ASGARD E OS DEUSES],
> WILHELM WÄGNER E M.W. MACDOWALL

O rei ponderou por um momento o significado daquela súbita aparição e daquele presente, e então voltou correndo para casa, com o coração acelerado de esperança, e deu a maçã para a esposa comer. No tempo devido, para sua intensa alegria, ela deu à luz um filho, Volsungo, o grande herói nórdico, que se tornou tão famoso que deu nome a toda sua raça.

Lofn, Vjofn e Syn

Além das três criadas mencionadas, Frigga tinha outras em seu séquito. Havia a meiga e graciosa donzela Lofn (louvor ou amor), cuja tarefa era remover todos os obstáculos do caminho dos amantes.

> *Meu lírio, do mancal da sela,*
> *Levei pelo templo, até o altar,*
> *Onde, entre sacerdotes, ela*
> *Disse votos de Lofn sem hesitar.*
> VIKING TALES OF THE NORTH [CONTOS VIKINGS DO NORTE],
> R.B. ANDERSON

O dever de Vjofn era influenciar corações obstinados para o amor, manter a paz e a concórdia entre os homens, e reconciliar desavenças entre maridos e esposas. Syn (verdade) guardava a porta do palácio de Frigga, recusando-se a abri-la para quem não tivesse permissão de entrar. Quando ela fechava a porta diante de um intruso, não havia apelo capaz de fazê-la mudar sua decisão. Presidia todos os tribunais e julgamentos, e sempre que uma proposta era vetada costumava-se declarar que Syn era contra.

Gefion

Gefion também era uma das donzelas do palácio de Frigga, e a ela eram confiados todos os que morriam solteiros, a quem ela recebia e tornava felizes para sempre.

Segundo alguns estudiosos, Gefion não era uma donzela, mas sim casada com um dos gigantes, com quem tinha quatro filhos. Essa mesma tradição ainda declara que Odin enviou-a na frente em sua visita a Gylfi, rei da Suécia, para pedir um pedaço de terra que ela pudesse chamar de seu. O rei, achando graça no pedido, prometeu lhe conceder o tanto de terra que ela conseguisse arar em um dia e uma noite. Gefion, sem se abalar, transformou os quatro filhos em bois, atrelou-os a um arado e começou a abrir um sulco tão largo e profundo que o rei e sua corte ficaram impressionados. Gefion continuou trabalhando sem mostrar sinal de fadiga e, quando já havia arado todo um grande pedaço de terra, arrastou pesadamente toda aquela terra revolvida e obrigou seus bois a despejá-la no mar, onde criou uma ilha chamada Zelândia.

Gefion tirou de Gylfi,
Rico em tesouros guardados,
A terra que agregou à Dinamarca.
Com quatro cabeças e oito olhos,
Em suor quente banhados,
Os bois arrastaram a massa arrancada
Que formou essa terra encantadora.
NORSE MYTHOLOGY [MITOLOGIA NÓRDICA], R.B. ANDERSON

Quanto ao vazio que ela deixou para trás, rapidamente se encheu de água e formou um lago, a princípio chamado Logrum (mar), mas hoje conhecido como Mälar, cujas margens recortadas correspondem ao formato da costa da Zelândia. Gefion então se casou com Skiold, um dos filhos de Odin, e se tornou ancestral do ramo real dinamarquês dos Skioldungs, vivendo na cidade de Hleidra ou Lethra, fundada por ela e que passou a ser o principal local de sacrifício para os pagãos dinamarqueses.

Eira, Vara, Vör e Snotra

Eira, também criada de Frigga, era considerada a médica mais hábil. Coletava ervas de toda a terra para curar feridas e doenças, e era sua incumbência ensinar ciência às mulheres, que eram as únicas a praticar a medicina entre esses antigos povos do Norte.

Feridas abertas, Eira é quem fecha.
VALHALLA, J.C. JONES

Vara ouvia todas as juras e castigava os perjuros, enquanto recompensava aqueles que mantinham fielmente sua palavra. E havia também Vör (fé), que sabia tudo o que estava para acontecer no mundo, e Snotra, deusa da virtude, que havia dominado todo o conhecimento.

Com tal constelação de criadas, não é estranho que Frigga fosse considerada uma divindade poderosa. No entanto, apesar do lugar de destaque que ela ocupava na religião nórdica, não tinha nenhum templo ou santuário especial e era pouco cultuada, exceto na companhia de Odin.

Holda

Embora Frigga não fosse conhecida por esse nome no sul da Alemanha, havia outras deusas ali cultuadas cujos atributos eram idênticos aos dela, não deixando dúvidas de que eram a mesma deusa, embora tivessem nomes diferentes nas diversas províncias. Entre elas, havia a bela deusa Holda (Hulda ou *Frau* Holle), que generosamente ofertava belos presentes. Como ela presidia o clima, as pessoas costumavam dizer, quando a neve caía, que *Frau* Holle estava sacudindo a cama e, quando chovia, que ela estava lavando a roupa, muitas vezes apontando as nuvens brancas como seu lençol que ela pusera para tomar

As ninfas de Huldra
B.E. WARD

sol. Quando longas faixas cinzentas de nuvens percorriam o céu, dizia-se que ela estava tecendo, pois supostamente também era excelente tecelã, fiandeira e dona de casa. Dizia-se que ela dera o linho para a humanidade e a ensinara a usá-lo, e em Tirol se conta a seguinte história de como ela concedeu esse dom valioso.

A descoberta do linho

Era uma vez um camponês que todo dia deixava a esposa e os filhos no vale para levar suas ovelhas para pastar montanha acima; enquanto as vigiava pastando na encosta, ele às vezes usava sua besta para caçar camurças, cuja carne supria sua despensa com comida por muitos dias.

Enquanto perseguia um belo animal certo dia, ele viu a camurça sumir atrás de uma rocha. Quando chegou ao local, ficou espantado de encontrar um portal em uma geleira, pois na excitação da caçada ele escalara cada vez mais alto, até chegar ao topo da montanha, onde reluziam as neves eternas.

O camponês, numa atitude ousada, atravessou o portal aberto e logo se viu em uma maravilhosa caverna cravejada de joias, repleta de estalactites, no centro da qual havia uma bela mulher vestindo uma túnica prateada, cercada por uma hoste de adoráveis donzelas coroadas de rosas-alpinas. Surpreso, ele se ajoelhou e, como em um sonho, ouviu a majestosa figura central lhe dizer para escolher o que quisesse dali para levar consigo. Embora atordoado com o fulgor das pedras preciosas à sua volta, os olhos do camponês eram constantemente atraídos para um pequeno buquê de flores azuis que a graciosa aparição tinha nas mãos, e ele então, com timidez, fez o pedido do buquê. Sorrindo com prazer, Holda, que segurava o buquê, o entregou ao homem, dizendo-lhe que havia escolhido com sabedoria e viveria uma vida longa enquanto as flores não murchassem e desbotassem. Então, dando ao camponês um punhado de sementes e ordenando que ele as semeasse em seu campo, a deusa se despediu; e quando soou o trovão e a terra tremeu, o pobre homem se viu mais uma vez na encosta da montanha e devagar se encaminhou de volta para a esposa, a quem contou sua aventura e mostrou as adoráveis flores azuis e o punhado de sementes.

A mulher censurou amargamente o marido por não ter trazido algumas das pedras preciosas que ele descrevera com tanta admiração, em vez de flores e sementes. Apesar das repreensões da esposa, o homem mais tarde as semeou e descobriu surpreso que o punhado de sementes era o bastante para vários acres.

Logo os pequenos brotos verdes começaram a aparecer. Em uma noite enluarada, o camponês parou para contemplá-los, como costumava fazer, pois sentia uma curiosa atração pelo campo que havia semeado, e ficava ali imaginando que tipo de grão seria produzido. Ele então viu uma forma nebulosa pairando sobre o campo, com as mãos estendidas como se desse uma bênção. Enfim o campo floresceu, e inúmeras florzinhas azuis abriram seus cálices ao sol dourado. Quando as flores murcharam e a semente ficou madura, Holda voltou para ensinar ao camponês e sua esposa como colher o linho — pois era disso que se tratava — e fiá-lo, tecê-lo e clareá-lo. Como o povo das redondezas comprou deles linho e sementes de linho, o camponês e a esposa logo ficaram muito ricos, e enquanto ele arava, semeava e colhia, ela fiava, tecia e clareava o linho. O homem viveu até uma idade avançada e venerável, e viu seus netos e bisnetos crescerem à sua volta. Todo esse tempo seu precioso e bem cuidado buquê permaneceu viçoso como no dia em que ele o levou para casa, mas certo dia o homem viu que durante a noite as flores haviam caído e começado a morrer.

Sabendo o que isso agourava, o camponês subiu mais uma vez a montanha, até a geleira, e reencontrou o portal que muitas vezes em vão tornara a procurar. Ele adentrou o portal gelado e nunca mais foi visto nem voltou-se a se ouvir falar dele, pois, segundo a lenda, a deusa tomou-o sob seus cuidados e o levou para morar em sua caverna, onde todos os desejos dele foram satisfeitos.

Tannhäuser

Segundo uma tradição medieval, Holda morava em uma caverna em Hörselberg, na Turíngia. Lá, era conhecida como *Frau* Vênus e considerada uma feiticeira que atraía os mortais para seus domínios, onde os retinha para sempre, fartando seus sentidos com todos os prazeres sensuais possíveis. A mais famosa de suas vítimas foi

*Tannhäuser
e Frau Vênus*
J. WAGREZ

Tannhäuser, que, depois de viver sob seu feitiço por uma temporada, passou a ter sentimentos revoltosos que amainaram o controle que a deusa detinha sobre ele e o fizeram temer pela sua alma. Ele escapou de seu poder e foi às pressas a Roma para confessar seus pecados e buscar absolvição. Mas quando o papa ficou sabendo de sua associação com a deusa pagã, deuses que os padres diziam não passarem de demônios, declarou que a esperança do cavaleiro de obter perdão era como esperar que seu cajado desse brotos e florescesse.

> *Deitaste acaso nas redes de Satã?*
> *Juraste a alma perder para ela?*
> *Emprestaste a boca à feiticeira infernal,*
> *Para beber danação da taça pestilenta?*
> *Então sabe que é mais fácil o cajado velho*
> *Que tenho na mão dar folhas verdes*
> *Que da marca do fogo do inferno ressuscitar*
> *As flores da salvação.*
> "TANNHÄUSER", OWEN MEREDITH (PSEUDÔNIMO DE EDWARD ROBERT BULWER-LYTTON)

Arrasado de tristeza diante desse pronunciamento, Tannhäuser fugiu, e, apesar dos pedidos de seu fiel amigo Eckhardt, não passou muito tempo até que voltasse a Hörselberg, onde sumiu dentro da caverna. Mal ele havia desaparecido, contudo, os mensageiros do papa chegaram, proclamando que ele estava perdoado, pois o cajado seco milagrosamente florescera, provando assim que não havia pecado tão hediondo que não pudesse ser perdoado, contanto que o arrependimento fosse sincero.

> *Dilacerado pela viagem, orvalhado de pressa,*
> *Um mensageiro vinha e na mão trazia*
> *Um cajado seco florido e com folhas verdes;*
> *Que, seguido por uma multidão de jovens e velhos,*
> *Cantava para espanto da cotovia no céu,*
> *"Milagre! Um milagre desde Roma!*

> *Glória a Deus que faz da vara nua verdor!" —*
> *Saltou à frente e, ávido, perguntou*
> *Notícias do cavaleiro Tannhäuser.*
>
> "TANNHÄUSER", OWEN MEREDITH (PSEUDÔNIMO DE EDWARD ROBERT BULWER-LYTTON)

Holda também era dona de uma fonte mágica chamada Quickborn, que rivalizava com a famosa fonte da juventude, e de uma carruagem que ela usava para ir de um lugar a outro quando inspecionava seus domínios. Quando essa carruagem certa vez quebrou, a deusa mandou um fabricante de carroças consertá-la e, quando ele terminou o serviço, disse-lhe que ficasse com alguns cavacos do conserto como pagamento. O homem ficou indignado com recompensa tão escassa e guardou apenas alguns pedaços de madeira; mas, para sua surpresa, descobriu no dia seguinte que estes haviam se convertido em ouro.

> *Fricka, tua esposa —*
> *Assim ela arreia seus carneiros.*
> *Ora! como rodopia*
> *O chicote dourado;*
> *Animais sem sorte*
> *Balem sem freio;*
> *As rodas ela faz trepidar;*
> *Ira ilumina seu semblante.*
>
> O ANEL DO NIBELUNGO, RICHARD WAGNER
> (TRADUÇÃO INGLESA DE FORMAN)

Eostre, a deusa da primavera

A deusa saxã Eostre, ou Ostara, deusa da primavera, cujo nome sobreviveu em inglês na palavra *Easter* [Páscoa], é também identificada com Frigga, pois é da mesma forma considerada deusa da terra, ou melhor, da ressurreição da natureza após a longa morte do inverno. Essa deusa graciosa era tão amada pelos antigos teutos que, mesmo depois que o cristianismo foi introduzido, eles conservaram uma lembrança muito agradável dela e se recusaram a degradá-la à categoria de demônio, como muitas outras de suas divindades, e transferiram seu nome à grande festa cristã da Páscoa. Era um antigo costume celebrar esse dia com a troca de ovos coloridos como presentes, pois o ovo é o emblema do início da vida; tanto que os primeiros cristãos continuaram a observar essa regra, declarando, no entanto, que o ovo é também símbolo da Ressurreição. Em diversas partes da Alemanha, ainda podem ser vistos altares de pedra, conhecidos como Osterstein, pedras de Páscoa, porque eram dedicados à bela deusa Ostara. As pedras eram coroadas de flores pelos jovens, que dançavam alegremente em torno, à luz de grandes fogueiras — uma espécie de folguedo popular praticado até meados do século xx, apesar das denúncias dos padres e da publicação de diversos decretos contra tais festas.

Bertha, a Dama de Branco

Em outras partes da Alemanha, Frigga, Holda ou Ostara é mais conhecida pelo nome de Berchta, Bertha ou a Dama de Branco. Essa alcunha é mais comum na Turíngia, onde supostamente morava em uma montanha oca, vigiando os Heimchen, as almas de crianças não nascidas e dos mortos sem batismo. Ali, Bertha zelava pela agricultura, cuidando das plantas, que sua tropa infantil regava com diligência, pois cada bebê carregava uma jarrinha com esse propósito específico. Enquanto a deusa foi devidamente respeitada e seu refúgio permaneceu imperturbado, ela continuou onde estava; mas, segundo a tradição, ela um dia partiu com sua trupe infantil arrastando seu arado e se estabeleceu em outra região para continuar suas tarefas generosas. Bertha é a ancestral lendária de diversas famílias nobres e aparentemente é também a rainha diligente homônima, a mãe mítica de Carlos Magno, cuja era se tornou proverbial, pois ao se falar da Idade de Ouro na França e na Alemanha é costume dizer "no tempo em que Bertha fiava".

Como essa Bertha ao que parecia tinha pés muito grandes e chatos por pisar continuamente o pedal de sua roca, ela costuma ser representada na arte medieval como uma mulher de pés achatados e ficou conhecida como *la reine pédauque*, a rainha com pés de ganso.

Como ancestral da casa imperial da Alemanha, conta-se que a Dama de Branco aparece no palácio antes de uma morte ou infortúnio na família. Essa superstição permaneceu tão viva na Alemanha que os jornais em 1884 continham um relato oficial de um sentinela declarando tê-la visto passar por ele em um corredor do palácio.

Como Bertha era uma famosa fiandeira, naturalmente foi considerada padroeira desse ramo da indústria feminina. Além disso, se dizia que ela percorria as ruas de todas as aldeias, ao anoitecer, durante as 12 noites entre o Natal e o dia 6 de janeiro, espiando por todas as janelas para inspecionar como andava a fiação nas casas.

As donzelas que trabalhavam com cuidado eram recompensadas com um presente, um dos fios dourados da deusa ou uma roca cheia de linho fino. Porém, sempre que Bertha descobria uma fiandeira negligente, sua roca se quebrava, seu linho se sujava e, se ela não honrasse a deusa comendo muitos bolos assados naquele período do ano, seria cruelmente castigada.

Em Meclemburgo, essa mesma deusa é conhecida como *Frau* Gode, ou Wode, a forma feminina de Wotan ou Odin, e sua aparição é sempre considerada auspício de grande prosperidade. Aparentemente, ela é também uma grande caçadora, que conduzia a Caçada Selvagem montada em um cavalo branco, suas criadas sendo transformadas em cães e em todo tipo de animais selvagens.

Na Holanda, era chamada Vrou-elde, e por causa dela a Via Láctea é conhecida pelos holandeses como *Vrou-elden-straat* [rua da senhora Elde]. Já em partes do norte da Alemanha ela era chamada de Nerthus (Mãe Terra). Sua carruagem sagrada ficava em uma ilha, possivelmente Rügen, onde os sacerdotes a guardavam com zelo até que ela aparecesse para a viagem anual por seus domínios, para abençoar a terra. A deusa, com o rosto completamente oculto por um véu grosso, então sentava em sua carruagem, puxada por duas vacas, e era respeitosamente acompanhada por seus sacerdotes. Quando ela passava, as pessoas a homenageavam interrompendo todas as guerras e depondo as armas. Vestiam roupas festivas e começavam uma trégua até a deusa retornar ao seu santuário. Então ambas, carruagem e deusa, eram banhadas em um lago secreto (o Schwartzer See, em Rügen), cujas águas engoliam os escravos que a auxiliavam nesse banho, e mais uma vez os sacerdotes retomavam sua vigília do santuário e do bosque de Nerthus, ou Hlodyn, para esperar a próxima aparição da deusa.

Na Escandinávia, essa deusa também era conhecida como Huldra e ostentava um séquito de ninfas do bosque que a serviam. Essas ninfas às vezes buscavam o convívio com os mortais para desfrutar de bailes nos campos das aldeias, no entanto, sempre podiam ser reconhecidas pela ponta de um rabo de vaca aparecendo sob suas longas túnicas brancas. Essas servas de Huldra eram as protetoras especiais do gado nas encostas das montanhas e dizia-se que surpreendiam viajantes solitários com a maravilhosa beleza das melodias que cantavam para passar as horas durante suas tarefas.

capítulo

Thor

IV

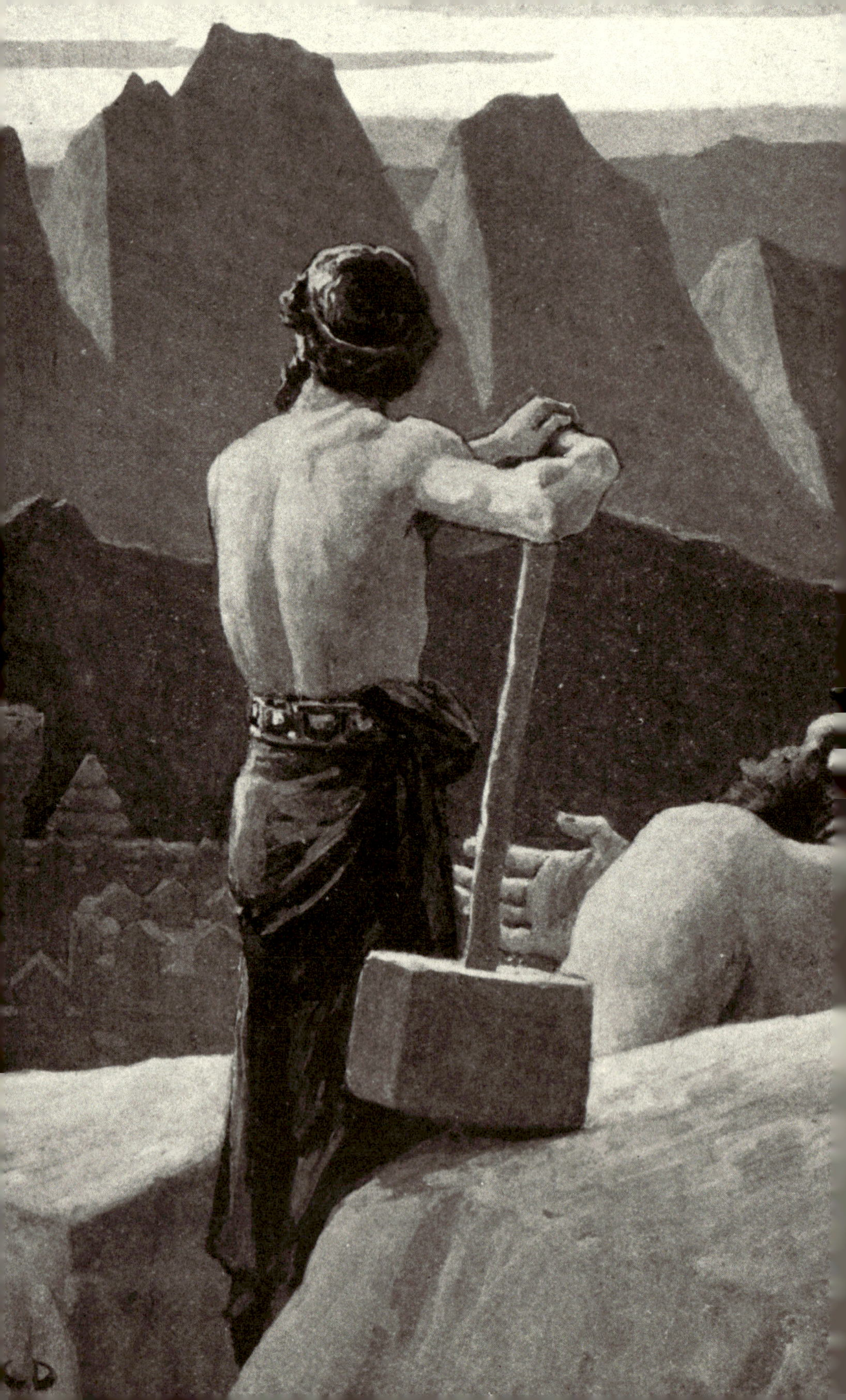

O trovejador

Segundo alguns mitógrafos, Thor, ou Donar, é o filho de Jord (Erda) e de Odin, mas outros afirmam que sua mãe era Frigga, rainha dos deuses. Essa criança era notável por seu grande tamanho e por sua força, e logo após o nascimento espantou os deuses ao erguer com desembaraço e atirar longe cerca de dez fardos de peles de urso. Embora geralmente bem-humorado, Thor às vezes era tomado por uma fúria terrível, e, como se tornava muito perigoso nesses momentos, sua mãe, incapaz de controlá-lo, mandou-o embora de casa e incumbiu sua criação a Vingnir (alado) e Hlora (calor). Esses pais adotivos, também considerados personificações do relâmpago, logo deram conta desse difícil encargo e criaram o menino com tanta sabedoria que os deuses guardariam uma grata lembrança de seu generoso trabalho. O próprio Thor, reconhecendo tudo o que devia a eles, adotaria os nomes Vingthor e Hlorridi, pelos quais também é conhecido.

Chora, Vingi-Thor,
Na dança da cota de malha e dos castigados escudos de guerra.
SIGURD THE VOLSUNG [SIGURD, O VOLSUNGO], WILLIAM MORRIS

Tendo alcançado pleno amadurecimento e a idade da razão, Thor foi admitido em Asgard entre os outros deuses, onde ocupou um dos 12 assentos no grande salão de julgamentos. A ele também foi concedido o domínio de Thrudvang ou Thrudheim, onde construiu um magnífico palácio chamado Bilskirnir (relâmpago), o mais espaçoso em toda Asgard. O palácio continha 540 salões para acomodação dos thralls, escravos que depois de mortos eram bem recebidos na casa do deus, onde recebiam tratamento igual ao de seus senhores em Valhala, pois Thor era o deus padroeiro dos camponeses e das classes pobres.

IMAGEM
Thor e a montanha
J.C. DOLLMAN

Quinhentos salões
E mais quarenta,
Creio, havia
No abobadado Bilskirnir.
Das casas cobertas,
Nenhuma que eu saiba
É maior que a de meu filho.
SÆMUND'S EDDA [EDDA DE SEMUNDO]
(TRADUÇÃO INGLESA DE PERCY)

Como era o deus do trovão, Thor era o único que não tinha permissão de passar pela maravilhosa ponte Bifrost, para que não a incendiasse com o calor de sua presença. Quando queria se reunir a seus colegas deuses em torno da fonte Urdar, à sombra da sagrada árvore Yggdrasil, era obrigado a ir andando, atravessando os rios Körmt e Örmt, e os dois córregos Kerlaugar, até o idílico local.

Thor, que era louvado como o deus mais elevado na Noruega, ficava em segundo lugar nos outros três países nórdicos. Era chamado de "velho Thor", porque, segundo alguns mitógrafos, pertencia a uma dinastia de deuses mais antiga — e não devido à sua idade de fato, pois ele era representado e descrito como um homem em seu auge, alto e de bela figura, com membros musculosos e cabelos e barba ruivos e eriçados, dos quais, nos momentos de raiva, voavam chuvas de fagulhas.

Primeiro, Thor cabisbaixo,
Resmungando sob a barba ruiva,
Lançando dos olhos fulgurantes raios,
Vem, enquanto as carruagens
Estrondam como trovões,
Quando seu martelo bate,
A Terra e o Céu estremecem,
Nuvens no alto se agitam e a Terra abaixo treme.
VALHALLA, J.C. JONES

Os povos nórdicos ainda o adornavam com uma coroa, cujas pontas tinham uma estrela cintilante ou uma chama sempre ardente, de modo que sua cabeça estava permanentemente circundada por um delicado halo de fogo, seu elemento.

O martelo de Thor

Thor era o orgulhoso dono de um martelo mágico chamado Mjölnir (esmagador), que atirava em seus inimigos, os gigantes de gelo, com força letal. Mjölnir tinha a fantástica propriedade de sempre voltar para sua mão, por mais longe que fosse atirado.

Sou o Trovejador!
Aqui no meu Norte,
Meu refúgio e fortaleza,
Rejo eternamente!

Aqui entre icebergues
Reino os povos;
Eis meu martelo,
Poderoso Mjölnir;
Gigantes nem feiticeiros
Podem a ele resistir!
THE SAGA OF KING OLAVO [A SAGA DO REI OLAVO], H.W. LONGFELLOW

Como esse imenso martelo, emblema do relâmpago, costumava estar em brasa, o deus tinha uma luva chamada Járngreipr, que lhe permitia segurá-lo com firmeza. Ele era capaz de lançar Mjölnir a uma grande distância, e sua força, sempre notável, era duplicada quando ele usava seu cinturão mágico Megingjord.

Este é meu cinturão:
Sempre que o uso,
Minha força é dobrada!
THE SAGA OF KING OLAVO [A SAGA DO REI OLAVO], H.W. LONGFELLOW

O martelo de Thor era considerado tão sagrado pelo antigo povo nórdico que eles costumavam fazer o sinal do martelo — assim como fariam mais tarde o sinal da cruz ensinado pelos cristãos — para se benzer contra todas as influências malignas e assegurar as bênçãos. O mesmo sinal era feito sobre um recém-nascido enquanto a água era despejada sobre sua cabeça e um nome era concedido ao bebê. O martelo era usado para cravar estacas no chão como marcos de limites de terra, e a remoção desses marcos era uma sacrilégio. Também com o martelo se benzia o umbral de uma casa nova, assim como se consagrava solenemente um casamento. Por fim, o instrumento também desempenhava um papel na consagração da pira funerária em que os corpos dos heróis, assim como suas armas e cavalos — e, em alguns casos, também suas esposas e dependentes — eram queimados.

Na Suécia, Thor, assim como Odin, supostamente usava um chapéu de aba larga, e por isso as nuvens de tempestade nesse país são conhecidas como "chapéu de Thor", nome dado também a uma das principais montanhas da Noruega, Torghatten. Dizia-se que o estrondo e o rumor do trovão eram sua carruagem passando, pois ele era o único entre os deuses que jamais montava em cavalos, mas sempre caminhava, ou dirigia sua brônzea carruagem puxada por duas cabras, Tanngnjóstr (rosnador) e Tanngrisnr (rangedor), de cujos dentes e cascos voavam centelhas.

> *Vieste em seguida, ó guerreiro Thor!*
> *Com o martelo no ombro, em tua carruagem,*
> *Puxada por cabras hirsutas de arreios prateados.*
> BALDER DEAD [BALDER MORTO], MATTHEW ARNOLD

Quando o deus assim se transportava de um lugar para outro, era chamado Aku-Thor, ou Thor, o condutor. No sul da Alemanha, o povo, imaginando que uma única carruagem de bronze não seria capaz de produzir todo o barulho que ouviam, dizia que ela estava carregada de chaleiras de cobre, que sacudiam e se chocavam, e portanto costumavam chamar o deus, com desrespeitosa intimidade, de vendedor de chaleiras.

A família de Thor

Thor se casou duas vezes. Primeiro com a giganta Jarnsaxa (pedra de ferro), que lhe deu dois filhos, Magni (força) e Modi (coragem), ambos destinados a sobreviver à morte do pai e ao crepúsculo dos deuses, para então reinar sobre o novo mundo que surgiria como uma fênix das cinzas do primeiro. Sua segunda esposa foi Sif, a de cabelos dourados, que também lhe deu duas crianças, Lorride e uma jovem giganta chamada Thrud, famosa por seu tamanho e por sua força. Fazendo jus à ideia de que opostos se atraem, Thrud foi cortejada pelo anão Alvis, de quem por certo gostava. E quando o pretendente se apresentou em Asgard para pedir sua mão certa noite — pois, sendo anão não podia sair à luz do dia —, os deuses reunidos não recusaram o consentimento. Mal eles haviam dado a permissão quando Thor, que estivera ausente, subitamente apareceu e, lançando um olhar de desdém para o pretendente insignificante, declarou que ele precisaria provar que seu conhecimento compensava a pequena estatura antes de conquistar sua noiva.

Para testar a capacidade mental de Alvis, Thor então lhe fez perguntas sobre a língua dos deuses, sobre os Vanas, os elfos e os anões, prolongando propositadamente seu exame até o amanhecer, quando o primeiro raio de luz, caindo sobre o anão infeliz, petrificou-o. Ali ele ficou, um permanente exemplo do poder dos deuses, para servir de alerta a todos os outros anões que ousassem colocar esse poder à prova.

Jamais em peito humano
Encontrei tantas
Palavras dos velhos tempos.
A ti, com sutil astúcia,
Ainda assim, iludi.
Acima do chão ficas, anão
Pelo dia arrebatado,
O sol claro enche o salão.
SÆMUND'S EDDA [EDDA DE SEMUNDO]
(TRADUÇÃO INGLESA DE HOWITT)

Sif, dos cabelos dourados

Sif, esposa de Thor, tinha muito orgulho de sua magnífica cabeleira dourada, que ia da cabeça aos pés como um véu brilhante. E como também ela era um símbolo da terra, seu cabelo, dizia-se, representava a relva alta ou o trigo dourado dos campos nórdicos. Thor tinha muito orgulho do belo cabelo da esposa; imagine sua decepção, portanto, ao acordar certa manhã e encontrá-la tosada, careca e despida de ornamentos, como a terra quando o trigo foi colhido, sobrando apenas o restolho! Em sua fúria, Thor se pôs de pé subitamente, jurando que castigaria o causador daquele ultraje, que ele no mesmo instante, e com razão, imaginou ter sido Loki, o arquiconspirador, sempre à espreita para fazer alguma maldade. Empunhando seu martelo, Thor saiu em busca de Loki, que tentou escapar do deus furioso mudando de forma. Mas isso de nada adiantou; Thor logo conseguiu capturá-lo e sem mais rodeios segurou-o pelo pescoço e quase o estrangulou, mas acabou cedendo aos sinais suplicantes de Loki e afrouxou o aperto poderoso. Quando conseguiu respirar, Loki implorou perdão, mas todas as súplicas foram em vão, até que prometeu procurar para Sif uma nova cabeleira, tão bonita e luxuriante quanto a anterior.

> *E assim para Sif novas tranças trarei,*
> *De ouro, antes que finde a luz do dia,*
> *E ela ficará como a primavera*
> *Vestida em flores amarelas.*
> THE DWARFS [OS ANÕES], ADAM OEHLENSCHLÄGER
> (TRADUÇÃO INGLESA DE PIGOTT)

Com isso, Thor consentiu em deixar o traidor escapar. Loki, então, rapidamente se arrastou para as entranhas da terra, onde ficava Svartalfaheim, e pediu ao anão Dvalin que fizesse não apenas o cabelo mais precioso, mas também um presente para Odin e Frey, cuja ira ele desejava desarmar.

O pedido foi acolhido, e o anão fabricou a lança Gungnir, que nunca errava o alvo, e o barco Skidbladnir, que, sempre conduzido por ventos favoráveis, podia navegar tanto no ar quanto na água, e tinha ainda

Sif e Thor
J.C. DOLLMAN

outra propriedade mágica: a de que, embora pudesse abrigar todos os deuses e seus corcéis, podia também ser dobrado até assumir o tamanho de uma minúscula bússola e guardado no bolso. Por fim, ele fiou o mais belo fio de ouro, a partir do qual elaborou os novos cabelos para Sif, declarando que, assim que os fios tocassem sua cabeça, os cabelos cresceriam depressa e se incorporariam a ela.

> *Ainda que ora pareçam inertes, ao tocarem a cabeça,*
> *Cada fio, a seiva da vida impregnará;*
> *Nenhum mal ou feitiço doravante poderá*
> *Às tranças de Sif trazer malefício.*
> THE DWARFS [OS ANÕES], ADAM OEHLENSCHLÄGER
> (TRADUÇÃO INGLESA DE PIGOTT)

Loki ficou tão satisfeito com essas provas da habilidade dos anões que declarou o filho de Ivaldi o mais inteligente dos ferreiros — palavras entreouvidas por Brok, outro anão, que exclamou ter certeza de que seu irmão, Sindre, poderia produzir três objetos superiores àqueles que Loki tinha em mãos, não apenas por seu valor intrínseco, mas também em propriedades mágicas. Loki imediatamente desafiou o anão a mostrar sua habilidade, apostando a própria cabeça contra a de Brok pelo resultado da empreitada.

Sindre, inteirado sobre a aposta, aceitou a oferta de Brok de começar a trabalhar na forja, alertando-o, contudo, de que devia trabalhar com persistência e nem por um momento relaxar em seus esforços, se quisesse obter sucesso; então ele jogou um pouco de ouro no fogo e saiu para evocar a intervenção dos poderes ocultos. Durante sua ausência, Brok diligentemente soprou o fole, enquanto Loki, no intuito de interrompê-lo, transformou-se em uma mutuca e cruelmente picou sua mão. Apesar da dor, o anão continuou bombeando o fole na forja e, quando Sindre voltou, tirou do fogo um enorme javali chamado Gullinbursti, devido a seus pelos dourados, que tinham o poder de irradiar luz enquanto ele voava pelo céu, pois era capaz de viajar através do ar com uma velocidade admirável.

Então, estranhamente, da fornalha
Saiu o dourado Gullinbörst,
Para servir ao deus-sol Frey nas batalhas,
De todos os javalis sem dúvida o primeiro.
THE DWARFS [OS ANÕES], ADAM OEHLENSCHLÄGER
(TRADUÇÃO INGLESA DE PIGOTT)

Terminada essa primeira obra com sucesso, Sindre jogou um pouco mais de ouro no fogo e mandou o irmão continuar a soprar o fole, enquanto ele novamente saiu para pedir auxílios mágicos. Dessa vez, Loki, ainda disfarçado de mutuca, picou a bochecha do anão. No entanto, apesar da dor, Brok continuou soprando o fole, e quando Sindre voltou, ele triunfantemente retirou das chamas o anel mágico Draupnir, emblema da fertilidade, do qual a cada nove noites brotavam oito anéis similares.

Eles lavraram com maravilhosa habilidade,
Até conferir ao anel a virtude rara,
De, a cada três vezes três noites, brotarem
Oito anéis, belos como o pai original.
THE DWARFS [OS ANÕES], ADAM OEHLENSCHLÄGER
(TRADUÇÃO INGLESA DE PIGOTT)

Então um lingote de ferro foi lançado às chamas e, com renovada cautela para não comprometer seu sucesso por causa de uma desatenção, Sindre saiu, deixando Brok a soprar o fole como antes. Loki agora estava desesperado e preparou uma última tentativa. Desta vez, ainda disfarçado de mutuca, ele picou o anão acima do olho, até que o sangue começou a escorrer com tamanho fluxo que impediu Brok de ver o que fazia. Erguendo rapidamente a mão por um segundo, Brok afastou o sangue dos olhos; mas, embora breve, a interrupção resultou em um prejuízo irreparável. Quando Sindre retirou a obra do fogo, grande foi sua decepção, pois o martelo que forjara tinha o cabo muito curto.

> *E o anão levou depressa a mão à testa,*
> *Antes que o ferro estivesse bem batido,*
> *E notaram do martelo o cabo curto,*
> *Mas era tarde demais para o conserto.*
> THE DWARFS [OS ANÕES], ADAM OEHLENSCHLÄGER
> (TRADUÇÃO INGLESA DE PIGOTT)

Não obstante o infortúnio, Brok estava convencido de que ganharia a aposta e não hesitou em se apresentar diante dos deuses em Asgard, onde deu a Odin o anel Draupnir, a Frey o javali Gullinbursti, e a Thor o martelo Mjölnir, a cuja potência ninguém poderia resistir.

Loki, por sua vez, deu a lança Gungnir a Odin, o barco Skidbladnir a Frey, e a cabeleira dourada a Thor. No entanto, embora esta última tenha imediatamente crescido na cabeça de Sif e sido considerada por todos mais bela que a cabeleira original, os deuses decretaram que Brok havia vencido a aposta, pelo fato de que o martelo Mjölnir, nas mãos de Thor, acabaria se revelando inestimável contra os gigantes de gelo na hora final.

> *E na frente vinha Thor,*
> *Com o martelo no ombro, que os gigantes conhecem.*
> BALDER DEAD [BALDER MORTO], MATTHEW ARNOLD

No intuito de salvar a própria cabeça, Loki fugiu às pressas, mas foi alcançado por Thor. Este o levou de volta e o entregou para Brok, porém lhe disse que, embora por direito a cabeça de Loki lhe pertencesse, ele não poderia tocar seu pescoço. Impedido de obter a vingança plena, o anão resolveu punir Loki costurando seus lábios, e como sua espada não foi capaz de furá-los, pegou emprestada a sovela do irmão para fazer os pontos. Contudo, Loki, depois de suportar em silêncio por breve tempo os escárnios dos deuses, conseguiu cortar a linha e logo voltou a ser loquaz como sempre.

Apesar de seu temível martelo, Thor não era visto com pavor como o perigoso deus da tempestade, que destruía lares pacíficos e arruinava as colheitas com súbitas tempestades de granizo e nuvens carregadas. Os nórdicos imaginavam que ele lançava seu martelo apenas contra gigantes de gelo e muralhas de pedra, reduzindo a pedra a pó para fertilizar a terra e fazê-la dar muitos frutos para os lavradores.

Na Alemanha, onde as tempestades do Leste eram sempre frias e destrutivas, enquanto as tempestades do Oeste traziam chuvas quentes e tempo ameno, Thor era imaginado sempre viajando do Oeste para o Leste para guerrear contra os maus espíritos que queriam envolver a terra em véus impenetráveis de bruma e amarrá-la com grilhões gelados.

A viagem de Thor a Jotunheim

Como os gigantes de Jotunheim estavam sempre enviando lufadas frias de vento para matar os brotos mais tenros e atrapalhar o crescimento das flores, Thor um dia decidiu ir até lá e obrigá-los a se comportar melhor. Acompanhado por Loki, ele partiu em sua carruagem, e, depois de viajar um dia inteiro, os deuses chegaram ao anoitecer aos confins da terra dos gigantes, onde, avistando uma choupana de camponês, resolveram parar para descansar e se recompor.

O anfitrião era hospitaleiro, mas muito pobre, e Thor, vendo que o camponês mal seria capaz de fornecer a comida necessária para satisfazer seu apetite nada pequeno, matou suas duas cabras, assou-as e deixou-as prontas para comer. Convidou o anfitrião e a família para compartilhar à vontade do alimento assim fornecido, mas alertou-os para jogar os ossos, sem parti-los, dentro das peles das cabras que ele havia estendido no chão.

O camponês e sua família comeram com apetite, mas o filho Thialfi, estimulado pelo malicioso Loki, arriscou quebrar um dos ossos e sugar o tutano, pensando que essa desobediência não seria notada. Na manhã seguinte, no entanto, Thor, pronto para partir, bateu com o martelo Mjölnir nas peles das cabras e imediatamente os animais se ergueram, vivos como antes, exceto pelo fato de que uma parecia manca. Percebendo que sua ordem havia sido desrespeitada, Thor teria matado a família inteira em sua ira. No entanto, o culpado admitiu seu erro, e o camponês ofereceu, para compensar a perda da cabra, não só o filho Thialfi, mas também a filha Röskva, para servir ao deus para sempre.

Incumbindo o camponês de cuidar bem das cabras, que ele deixou ali até seu retorno, e mandando que os jovens o acompanhassem, Thor então partiu a pé com Loki e, depois de caminhar o dia inteiro, chegou ao anoitecer a uma região desolada e árida, envolta por uma bruma cinzenta quase impenetrável. Depois de procurar por algum tempo, Thor avistou através da neblina a silhueta indefinida do que parecia ser uma casa de formato estranho. O portão aberto era tão largo e tão alto que parecia cobrir um lado inteiro da casa até o telhado. Ao entrarem e não encontrarem fogo nem luz, Thor e seus companheiros se atiraram exaustos no chão para ali mesmo dormir, mas foram logo perturbados por um barulho peculiar e um tremor prolongado do chão embaixo de si. Com receio de que o teto caísse durante o terremoto, Thor e seus companheiros se refugiaram em outra ala do edifício, onde logo adormeceram.

Ao amanhecer, o deus e seus companheiros saíram, mas não haviam ido muito longe quando avistaram a forma de um gigante dormindo deitado e se deram conta de que os sons peculiares que haviam perturbado seu sono eram produzidos pelos roncos do ser adormecido. Nesse momento, o gigante acordou, levantou-se, espreguiçou-se, olhou à sua volta procurando alguma coisa e, no instante seguinte, pegou o objeto que Thor e seus companheiros haviam confundido, no escuro, com uma casa. Eles então perceberam espantados que aquilo era, na verdade, uma luva gigantesca e que haviam dormido no espaço reservado ao polegar do gigante! Ao saber que Thor e seus companheiros estavam indo para Utgard, como a terra dos gigantes também era chamada, Skrymir, o gigante, ofereceu-se para guiá-los; e, depois de caminhar com eles o dia inteiro, chegaram ao anoitecer a um lugar onde propôs que descansassem. Antes de se preparar para dormir, contudo, o gigante ofereceu a eles as provisões de sua bolsa. Mas, mesmo com muito esforço, nem Thor, nem seus companheiros conseguiram desatar os nós amarrados por Skrymir.

Os nós de Skrymir
Te parecem duros de desatar,
Quando à comida não consegues chegar,
Quando, saudável, estás morrendo de fome.
SÆMUND'S EDDA [EDDA DE SEMUNDO] (TRADUÇÃO INGLESA DE THORPE)

Utgard-Loke

Irritado com os roncos do gigante, que o mantiveram acordado, Thor três vezes bateu em Skrymir com seu martelo ameaçador. Esses golpes, em vez de aniquilar o monstro, simplesmente provocaram reações sonolentas, como se uma folha, um pedaço de casca de árvore ou um graveto de um ninho sobre sua cabeça tivesse caído em seu rosto gigantesco. De manhã cedo, Skrymir se despediu de Thor e seus companheiros, mostrando o caminho mais curto até o castelo de Utgard-Loke, que era feito de grandes blocos de gelo, com imensas estalactites servindo de pilastras. Os deuses, deslizando entre as barras do enorme portão, apresentaram-se ousadamente diante do rei dos gigantes, Utgard-Loke, que, ao reconhecê-los, imediatamente fingiu estar muito surpreso com seu pequeno tamanho e expressou o desejo de ver com os próprios olhos o que eles eram capazes de fazer, pois muitas vezes ouvira contar de suas proezas.

Loki, que estava em jejum mais tempo do que gostaria, no mesmo instante se prontificou a apostar com qualquer um quem comia mais. Então o rei mandou trazerem para o salão um grande cocho de madeira repleto de carnes. Em seguida, postando Loki em uma extremidade do cocho e seu cozinheiro, Logi, na outra, mandou que disputassem para ver quem vencia. Embora Loki operasse maravilhas e logo tivesse chegado à metade do cocho, ele descobriu que, enquanto comia a carne e deixava os ossos limpos, seu oponente devorava todas as partes e, inclusive, havia engolido também o cocho.

Sorrindo com desdém, Utgard-Loke disse que estava evidente que eles não eram capazes de grandes proezas em se tratando de comer, e isso provocou Thor. O deus então declarou que, se Loki não conseguia comer como aquele cozinheiro voraz, ele mesmo sentia-se confiante de ser capaz de esvaziar de um gole a maior cornucópia da casa, tamanha era sua sede insaciável. Imediatamente, um corno foi trazido, e Utgard-Loke declarou que os bons bebedores bebiam tudo em um só gole, as pessoas moderadamente sedentas, em dois, e os bebedores fracos, em três. Thor pôs os lábios na borda do corno, mas, embora bebesse a ponto de quase estourar, o líquido ainda estava próximo da borda quando ele parou para respirar. Um segundo gole e um terceiro se revelaram igualmente insuficientes. Thialfi então propôs uma corrida, mas um jovem gigante chamado Hugi, que apostou com ele, logo o ultrapassou, mesmo Thialfi correndo com uma velocidade notável.

Thor propôs em seguida mostrar sua força erguendo pesos e foi desafiado a erguer o gato do gigante. Aproveitando uma oportunidade para usar seu cinturão Megingjord, que aumentava enormemente sua força, ele pegou o animal e bem que tentou, mas só conseguiu levantar uma pata do chão.

Forte é o grande Thor, sem dúvida, quando Megingarder
Aperta firme seu ventre duro como pedra.
VIKING TALES OF THE NORTH [CONTOS VIKINGS DO NORTE], R.B. ANDERSON

Sua última tentativa, a de lutar com a velha ama de Utgard-Loke, Elli, a única oponente considerada digna de um adversário tão fraco, revelou-se tão desastrosa quanto as outras, e os deuses, admitindo terem sido derrotados, enfim foram tratados com hospitalidade.

Na manhã seguinte, eles foram escoltados até os limites de Utgard, onde o gigante educadamente lhes disse que esperava que jamais voltassem a visitá-lo, pois havia sido obrigado a usar mágica contra eles. O gigante seguiu explicando que ele era Skrymir e que, se não tivesse tomado a precaução de interpor uma montanha entre sua cabeça e os golpes de Thor enquanto parecia estar dormindo, teria sido morto, e os desfiladeiros profundos na encosta da montanha, para os quais ele apontou, davam testemunho da força do deus.

Em seguida, ele contou que o adversário de Loki fora Logi (fogo selvagem), que Thialfi havia corrido contra Hugi (pensamento), o corredor mais veloz que existia, e que o corno de bebida de Thor estava acoplado ao oceano, onde seus goles longos haviam produzido uma alteração perceptível no nível da maré. Além disso, o gato era na verdade a terrível Serpente de Midgard, que circundava o mundo, a qual Thor quase arrancou do mar. Por fim, Elli, a ama, era a velhice, a quem ninguém podia resistir.

Terminadas essas explicações, antes de desaparecer, Utgard-Loke alertou para que eles nunca mais voltassem ou se defenderia por artimanhas semelhantes. Então, embora Thor furiosamente brandisse seu martelo e quisesse destruir o castelo do gigante, uma bruma intensa envolveu-os, e o deus do trovão foi obrigado a voltar a Thrudvang sem ter passado a lição que pretendia ensinar à raça dos gigantes.

> *Thor, de braços fortes, vai,*
> *Com todo empenho, a Jotunheim,*
> *Mas apesar de cinto e luvas celestiais,*
> *Utgard-Loke seu trono conserva;*
> *O mal, por ser força, à força não cede.*
> VIKING TALES OF THE NORTH [CONTOS VIKINGS DO NORTE], R.B. ANDERSON

Thor e Hrungnir

O próprio Odin certa vez estava cavalgando pelo ar em seu corcel de oito patas, Sleipnir, quando chamou a atenção do gigante Hrungnir, que propôs uma corrida, declarando seu corcel Gullfaxi capaz de rivalizar com Sleipnir em velocidade. No calor da corrida, Hrungnir não reparou na direção aonde iam, até que, no vão intento de ultrapassar Odin, chegou com seu corcel nos portões de Valhala. Descobrindo onde estava, o gigante empalideceu de medo, pois sabia que havia arriscado a vida ousando penetrar na fortaleza dos deuses, seus inimigos há gerações.

Os Aesir, no entanto, eram honrosos demais para combater alguém em desvantagem, mesmo um inimigo, e, em vez de fazer mal ao gigante, convidaram-no para seus salões de banquetes, onde Hrungnir começou a se fartar do hidromel celestial que lhe foi servido. Ele logo ficou tão animado que começou a se gabar de seu poder, declarando que um dia viria, tomaria posse de Asgard e a destruiria, assim como aos deuses, poupando apenas Freya e Sif, para quem lançou um olhar lascivo.

Os deuses, sabendo que ele não era responsável pelo que dizia, deixaram-no à vontade. Mas Thor, que acabara de chegar de uma de suas viagens, ouvindo essa ameaça de lhe roubarem sua amada Sif, entrou em um estado de fúria terrível. Colérico, brandiu seu martelo na intenção de aniquilar o falastrão, mas isso os deuses não permitiram e rapidamente se interpuseram entre o iracundo Trovejador e seu convidado, implorando que Thor respeitasse os sagrados direitos de hospitalidade e que não profanasse seu lar derramando sangue.

Thor foi enfim induzido a conter sua ira, mas exigiu que Hrungnir definisse a hora e o lugar para um *holmgang*, como em geral chamavam os duelos nórdicos. Desafiado, Hrungnir prometeu encontrar Thor em Griottunagard, nos limites da terra dos gigantes, dentro de três dias, e partiu, já mais sóbrio depois do susto.

Quando seus colegas gigantes ficaram sabendo de seu mau comportamento, censuraram-no amargamente, mas se reuniram em conselho para tentar extrair o melhor proveito da situação desfavorável. Hrungnir contou aos gigantes que ele teria direito de ser acompanhado por um escudeiro, contra quem Thialfi combateria, e portanto começaram a construir uma criatura de barro de quase 15 quilômetros de altura e largura proporcional, a quem chamaram de Mokerkialfi (vadeador da bruma). Como não conseguiram encontrar nenhum coração humano grande o bastante para colocar no peito do monstro, eles arrancaram o coração de uma égua, que, no entanto, vivia agitado e estremecendo de apreensão.

O dia do duelo chegou. Hrungnir e seu escudeiro estavam no local esperando seus respectivos oponentes. O gigante tinha não só um peitoral e um elmo de pedra, mas também um escudo e um porrete da mesma substância, e portanto se considerava praticamente invencível. Thialfi chegou antes de seu senhor, e logo em seguida houve um terrível estrondo e um tremor que fez o gigante temer que seu inimigo emergisse de dentro da terra, atacando-o por baixo. Ele então seguiu uma sugestão de Thialfi e se postou em cima do escudo.

No momento seguinte, no entanto, ele percebeu seu engano, pois, enquanto Thialfi atacava Mokerkialfi com uma espada, Thor chegou correndo e atirou seu martelo em cheio na cabeça do oponente. Hrungnir, para se defender do golpe, interpôs sua clava de pedra, e esta se partiu em pedaços, que voaram por toda a terra, fornecendo as pederneiras que dali em diante seriam encontradas pelos homens. Um dos fragmentos, porém, penetrou fundo na testa de Thor, e o deus cambaleou, desmaiando. Na queda, seu martelo bateu contra a cabeça de Hrungnir, que caiu morto ao lado dele, de tal modo que suas pernas imensas desabaram sobre o deus desmaiado.

> *Agora me lembraste*
> *Como lutei com Hrungnir,*
> *Jotun de peito pesado,*
> *Cuja cabeça era de pedra;*
> *Ainda assim derrubei-o*
> *E o fiz cair diante de mim.*
>
> SÆMUND'S EDDA [EDDA DE SEMUNDO]
> (TRADUÇÃO INGLESA DE THORPE)

Thialfi, que nesse ínterim havia se livrado do gigante de barro com coração covarde de égua, correu em auxílio de seu senhor, mas seus esforços em tentar mover a perna do gigante morto foram vãos, assim como os dos outros deuses que ele logo chamou. Enquanto estavam ali parados, impotentes, pensando no que fazer em seguida, o filho mais novo de Thor, Magni, chegou. Segundo diversos relatos, ele tinha então apenas três dias ou três anos de vida, mas segurou o pé do gigante e, sem ajuda de ninguém, soltou o pai, declarando que, se tivesse sido chamado antes, facilmente teria dado conta tanto do gigante quanto do escudeiro. Essa demonstração de força impressionou muito os deuses e ajudou-os a reconhecer a verdade de várias previsões, as quais declaravam que seus descendentes seriam mais poderosos do que eles, viveriam mais que eles e reinariam em lugar deles sobre o novo céu e a nova terra.

Para recompensar seu filho por tê-lo salvado, Thor deu-lhe o corcel Gullfaxi (crina dourada), do qual ele se tornara possuidor por direito de conquista. E, desde então, Magni passou a montar seu maravilhoso cavalo, que quase se equiparava ao famoso Sleipnir em velocidade e resistência.

Groa, a feiticeira

Depois de tentar em vão remover o estilhaço de pedra de sua testa, Thor voltou tristonho para casa, em Thrudvang, onde os amorosos esforços de Sif foram igualmente vãos. Ela então resolveu mandar chamar Groa (verdejante), uma feiticeira conhecida por sua habilidade na medicina e pela eficácia de seus encantamentos e feitiços. Groa no mesmo instante se prontificou a fazer qualquer coisa em seu poder para o deus que tantas vezes a beneficiara, e solenemente começou a recitar runas poderosas, sob cuja influência Thor sentiu a pedra se soltar cada vez mais. A alegria com a perspectiva de em breve se ver livre da pederneira na testa fez Thor desejar recompensar a feiticeira de antemão. Sabendo que nada daria prazer maior a uma mãe que a ideia de rever um filho há muito falecido, começou a contar a ela que há pouco tempo havia atravessado o Elivagar, ou torrentes de gelo, para resgatar seu filhinho, Orvandil (germe), das mãos cruéis dos gigantes de gelo, e havia conseguido levá-lo dentro de uma cesta. Mas, como o pequeno irrequieto insistia em enfiar os dedinhos do pé por um furo na cesta, um dedo havia se congelado, e Thor, quebrando-o acidentalmente, lançara-o no céu para brilhar como uma estrela, conhecida no Norte como "Dedo de Orvandil".

Deliciada com essas notícias, a profetisa fez uma pausa no encantamento para expressar sua alegria, mas, esquecendo-se do ponto em que o interrompera, não conseguiu retomar o feitiço, e a pederneira continuou cravada na testa de Thor, de onde jamais seria desalojada.

Evidentemente, como o martelo de Thor sempre lhe prestava bons serviços, era o mais valioso de seus pertences, e sua tristeza foi muito grande quando ele acordou certa manhã e percebeu que o martelo havia sumido. Seu grito de raiva e decepção logo atraiu Loki, e a ele Thor confessou o segredo de sua perda, declarando que, se os gigantes ficassem sabendo, logo tentariam atacar Asgard e destruir os deuses.

> *Irado Thor, passado o sono,*
> *Dando falta do martelo digno;*
> *Bateu na testa, coçou a barba,*
> *O filho da terra olhou ao largo;*
> *E eis a primeira coisa que falou:*
> *"Escuta o que te digo, Loke,*
> *E que ninguém na terra saiba*
> *Nem no céu: meu martelo se foi."*
> THRYM'S QUIDA [CANÇÃO DE THRYM]
> (TRADUÇÃO INGLESA DE HERBERT)

Thor e Thrym

Loki declarou que tentaria descobrir o ladrão e recuperar o martelo se Freya lhe emprestasse suas plumas de falcão, e ele imediatamente correu para buscá-las em Folkvang. Sua missão foi bem-sucedida, e na forma de ave ele voou através do rio Ifing e dos estreitos áridos de Jotunheim, onde desconfiava que o ladrão seria encontrado. Lá ele viu Thrym, príncipe dos gigantes de gelo e deus das tempestades de trovão, sentado sozinho em uma encosta. Ao questioná-lo astuciosamente, Loki logo descobriu que Thrym havia roubado o martelo e enterrado bem fundo no chão. Além disso, descobriu que havia pouca esperança de recuperá-lo, a não ser que Freya fosse concedida ao gigante como noiva.

> *Tenho o martelo do Trovejador*
> *Oito braças enterrado;*
> *Ninguém voltará com ele para casa*
> *Até que Freya seja trazida à minha cama.*
> THRYM'S QUIDA [CANÇÃO DE THRYM]
> (TRADUÇÃO INGLESA DE HERBERT)

Indignado com a presunção do gigante, Loki voltou a Thrudvang, mas Thor declarou que não custava visitar Freya e tentar convencê-la a se sacrificar pelo bem de todos. Mas quando os Aesir disseram à deusa da beleza o que queriam que ela fizesse, Freya foi tomada por tamanha indignação que até seu colar se partiu. Ela disse que jamais abandonaria seu amado marido por nenhum deus, muito menos para se casar com um odioso gigante e morar em Jotunheim, onde tudo era extremamente inóspito e onde ela logo morreria de saudades dos campos verdes e dos prados floridos, em que amava passear. Vendo que seria inútil tentar persuadi-la, Loki e Thor voltaram para casa e lá elaboraram outro plano para recuperar o martelo. A conselho de Heimdall, que, no entanto, só foi aceito com extrema relutância, Thor pegou emprestadas as roupas de Freya, assim como seu colar, e se cobriu com um véu espesso. Loki, fantasiando-se de criada, montou com ele na carruagem puxada pelas cabras, e a dupla estranhamente vestida partiu para Jotunheim, onde pretendiam representar os papéis da deusa da beleza e sua criada.

Para lá foram guiadas
Então as cabras,
E à carruagem atreladas;
Depressa marcharam –
Explodiram montanhas,
A terra ergueu-se em chamas:
O filho de Odin
Foi a Jotunheim.

NORSE MYTHOLOGY [MITOLOGIA NÓRDICA], R.B. ANDERSON

Thrym recebeu os convidados na porta do palácio, exultante com a ideia de que estava prestes a se tornar senhor inconteste da deusa da beleza, por quem havia suspirado muito tempo em vão. Rapidamente, ele os levou ao salão de banquetes, onde Thor, de noiva, destacou-se ao comer um boi inteiro, oito salmões imensos e todas as tortas e doces servidos para as mulheres, regando as várias carnes com o conteúdo de dois barris de hidromel.

O noivo gigante assistiu a essas proezas gastronômicas com espanto, enquanto Loki, para tranquilizá-lo, confidencialmente sugeriu que a noiva estava tão apaixonada que não pusera um pedaço de comida na boca durante mais de oito dias. Thrym então tentou beijar a noiva, mas recuou desconcertado com o fogo em seu olhar, que Loki explicou como um olhar ardente de amor. A irmã do gigante, recebendo os presentes de costume, não foi sequer notada; portanto Loki mais uma vez sussurrou para um Thrym desconfiado que o amor deixava as pessoas distraídas. Embriagado de paixão e hidromel, que ele também havia bebido em vastas quantidades, o noivo então mandou os criados trazerem o martelo sagrado para consagrar o casamento e, assim que o Mjölnir foi trazido, ele mesmo colocou-o no colo da suposta Freya. No momento seguinte, uma mão poderosa se fechou no cabo curto, e logo o gigante, a irmã e todos os convidados foram mortos pelo terrível Thor.

"Tragam o martelo para a donzela;
Deixem a arma no colo dela,
E, firmes, deem as mãos na capela."

> *O Trovejador sorriu por dentro;*
> *Sentindo o duro martelo no colo,*
> *Thrym primeiro, rei dos Thursi, matou,*
> *E todo o gigantesco séquito massacrou.*
> THRYM'S QUIDA [CANÇÃO DE THRYM] (TRADUÇÃO INGLESA DE HERBERT)

Deixando uma pilha fumegante de escombros para trás, os deuses então voltaram rapidamente de carruagem para Asgard, onde os trajes emprestados foram devolvidos a Freya, para grande alívio de Thor, e os Aesir se alegraram com o resgate do precioso martelo. Na vez seguinte em que Odin voltou seu olhar para aquela região de Jotunheim desde seu trono Hlidskialf, ele viu as ruínas cobertas de tenros brotos verdes, pois Thor, tendo derrotado seu inimigo, havia se apoderado das terras dele, que doravante não seriam mais áridas e desoladas, mas produziriam frutos em abundância.

Thor e Geirröth

Loki certa vez pegou emprestadas as plumas de falcão de Freya e voou em busca de aventuras em outra região de Jotunheim, onde se empoleirou nos torreões da casa de Geirröth. Ele logo atraiu a atenção do gigante, que mandou um de seus criados caçar o pássaro. Divertindo-se diante das tentativas desajeitadas do caçador, Loki ficou pulando de torre em torre, movendo-se apenas quando o gigante estava prestes a pôr as mãos nele, mas, calculando mal a distância, subitamente se viu apanhado.

Atraído pelos olhos brilhantes do pássaro, Geirröth olhou mais de perto e concluiu que era um deus disfarçado. Vendo que não conseguia obrigá-lo a falar, ele o trancou em uma gaiola, onde o manteve por três meses inteiros sem comida ou bebida. Vencido enfim pela fome e pela sede, Loki revelou sua identidade e obteve soltura mediante a promessa de que induziria Thor a visitar Geirröth sem martelo, cinturão ou luvas mágicos. Loki então voltou voando a Asgard e disse a Thor que havia sido recebido como um rei, e que seu anfitrião havia manifestado um forte desejo de ver o poderoso deus do trovão, de quem ele ouvira maravilhosas histórias. Lisonjeado por esse discurso ardiloso, Thor foi levado a consentir em fazer uma viagem amistosa a Jotunheim, e assim os dois deuses partiram juntos, deixando as três armas maravilhosas em casa. Eles não haviam ido muito longe, contudo, quando chegaram à casa da giganta Grid, uma das muitas esposas de Odin. Vendo Thor desarmado, ela alertou-o para tomar cuidado com a perfídia alheia e emprestou a ele seu próprio cinto, seu cajado e sua luva. Algum tempo depois de deixá-la, Thor e Loki chegaram ao rio Veimer, e o Trovejador, acostumado a vadeá-lo, preparou-se para atravessar, mandando Loki e Thialfi se agarrarem firme em seu cinto.

No meio do córrego, no entanto, uma súbita tromba-d'água de degelo os pegou. As águas começaram a subir e a rugir, e, embora Thor se apoiasse com força em seu cajado, quase foi varrido pela força da caudalosa torrente.

Não sobe, Veimer,
Pois cruzar-te desejo
Ao domínio dos gigantes!
Sabe que, se subires,
Subirá meu poder divino,
Elevado como os céus.
NORSE MYTHOLOGY [MITOLOGIA NÓRDICA], R.B. ANDERSON

Thor então se deu conta da presença, rio acima, da filha de Geirröth, Gjálp, e corretamente suspeitando que fosse ela a causa da tempestade, ergueu uma rocha imensa e atirou nela, resmungando que o melhor lugar para represar um rio era em sua nascente. O míssil teve o efeito desejado, pois a giganta fugiu, as águas se acalmaram, e Thor, exausto mas seguro, agarrou-se a um arbusto de sorveira na margem oposta. Desde então, essa planta é conhecida como "Salvação de Thor", e poderes ocultos foram atribuídos a ela. Depois de descansar um pouco, Thor e seus companheiros retomaram a viagem; mas, ao chegar à casa de Geirröth, o deus estava tão exausto que desabou exaurido na primeira cadeira que encontrou. Para sua surpresa, contudo, ele sentiu a cadeira se erguer embaixo de si e, temeroso de ser esmagado contra as vigas do teto, empurrou o teto com o cajado emprestado e forçou a cadeira para baixo com toda sua potência. Então se seguiu um estalido terrível, gritos súbitos e gemidos de dor; e quando Thor foi averiguar, descobriu que aparentemente as filhas do gigante, Gjálp e Greip, haviam se escondido embaixo da cadeira com a intenção traiçoeira de matá-lo, e colhido a justa recompensa de morrerem esmagadas.

> *Um dia usei*
> *Meu poder divino*
> *No domínio dos gigantes,*
> *Quando Gjálp e Greip,*
> *Filhas de Geirröth*
> *Quiseram me erguer ao céu.*
> NORSE MYTHOLOGY [MITOLOGIA NÓRDICA], R.B. ANDERSON

Geirröth então apareceu e desafiou Thor a uma prova de força e habilidade, mas, sem esperar o sinal pré-combinado, o gigante arremessou um ferro em brasa contra o deus. Thor, de olhos ágeis e habilidoso receptor, interceptou o míssil com a luva de ferro da giganta e atirou-o de volta contra seu oponente. Tamanha era a força do deus que o míssil atravessou não apenas a coluna atrás da qual o gigante se escondera, mas também o gigante e a parede da casa, e se cravou profundamente no chão lá fora.

Thor então caminhou até o cadáver do gigante, que com o golpe de sua arma havia se petrificado, e posicionou-o em um local bem exposto, como um monumento de sua força e da vitória conquistada sobre seus formidáveis inimigos, os gigantes da montanha.

O culto a Thor

O nome de Thor foi dado a muitos lugares que ele costumava frequentar, como o principal porto das Ilhas Faroé, e às famílias que reivindicam descendência do deus. Ainda existem nomes como Thunderhill em Surrey, e sobrenomes como Thorburn e Thorwaldsen, mas o mais evidente é o nome de um dos dias da semana, o dia de Thor, ou *Thursday* [quinta-feira].

Em toda a terra existe
Ainda o dia de Thor!
THE SAGA OF KING OLAVO [A SAGA DO REI OLAVO], H.W. LONGFELLOW

Thor era considerado uma divindade distintamente benevolente, e por esse motivo foi tão cultuado e templos para isso surgiram em Moeri, Hlader, Godey, Gotalândia, Uppsala e outros lugares, onde as pessoas nunca deixavam de invocá-lo para terem um ano propício no Yule, sua principal festa. Era costume nessa ocasião queimar um grande tronco de carvalho, a árvore sagrada do deus, como emblema do calor e da luz do verão, o que espantaria a escuridão e o frio do inverno.

As noivas sempre usavam vermelho, a cor favorita de Thor, considerada emblemática do amor, e pelo mesmo motivo os anéis de noivado no Norte eram quase sempre cravejados com uma pedra vermelha.

Os templos e as estátuas de Thor, como as de Odin, eram feitas de madeira, e quase todas foram destruídas durante o reinado do rei Olavo, o Santo. Segundo crônicas antigas, esse monarca converteu à força seus súditos. Ele combateu especialmente os moradores de uma província que cultuavam uma imagem rústica de Thor, a qual enfeitavam com ornamentos dourados e diante da qual dispunham alimentos todas as noites, declarando que o deus a comia, pois nenhum vestígio restava pela manhã.

O povo, sendo conclamado no ano 1030 a renunciar a este ídolo em favor do verdadeiro Deus, prometeu se converter caso a manhã seguinte estivesse nublada. Mas, depois que Olavo passou uma noite inteira em ardente oração, quando o dia amanheceu nublado, o povo obstinado declarou ainda não ter se convencido do poder desse Deus e que só acreditaria nele se o sol brilhasse no dia seguinte.

Olavo passou outra noite em oração, mas na aurora, para sua grande tristeza, o céu estava fechado. Não obstante, ele reuniu o povo perto da estátua de Thor e, depois de mandar secretamente seu principal ajudante rachar o ídolo com um machado de guerra assim que o povo desviasse os olhos por um instante, ele começou a discursar. De repente, enquanto todos estavam escutando, Olavo apontou para o horizonte, onde o sol lentamente abria caminho através das nuvens, e exclamou:

"Contemplem o nosso Deus!" O povo reunido olhou para ver do que ele estava falando, e o ajudante do rei aproveitou a oportunidade para atacar o ídolo, que se partiu facilmente sob seus golpes, e uma hoste de ratos e outros vermes logo se espalhou de seu interior oco. Vendo então que a comida deixada diante do deus havia sido devorada por meros animais nocivos, o povo deixou de reverenciar Thor e aceitou definitivamente a fé que o rei Olavo por tanto tempo em vão tentou lhes impingir.

Thor
B.E. FOGELBERG

capítulo

Tyr

V

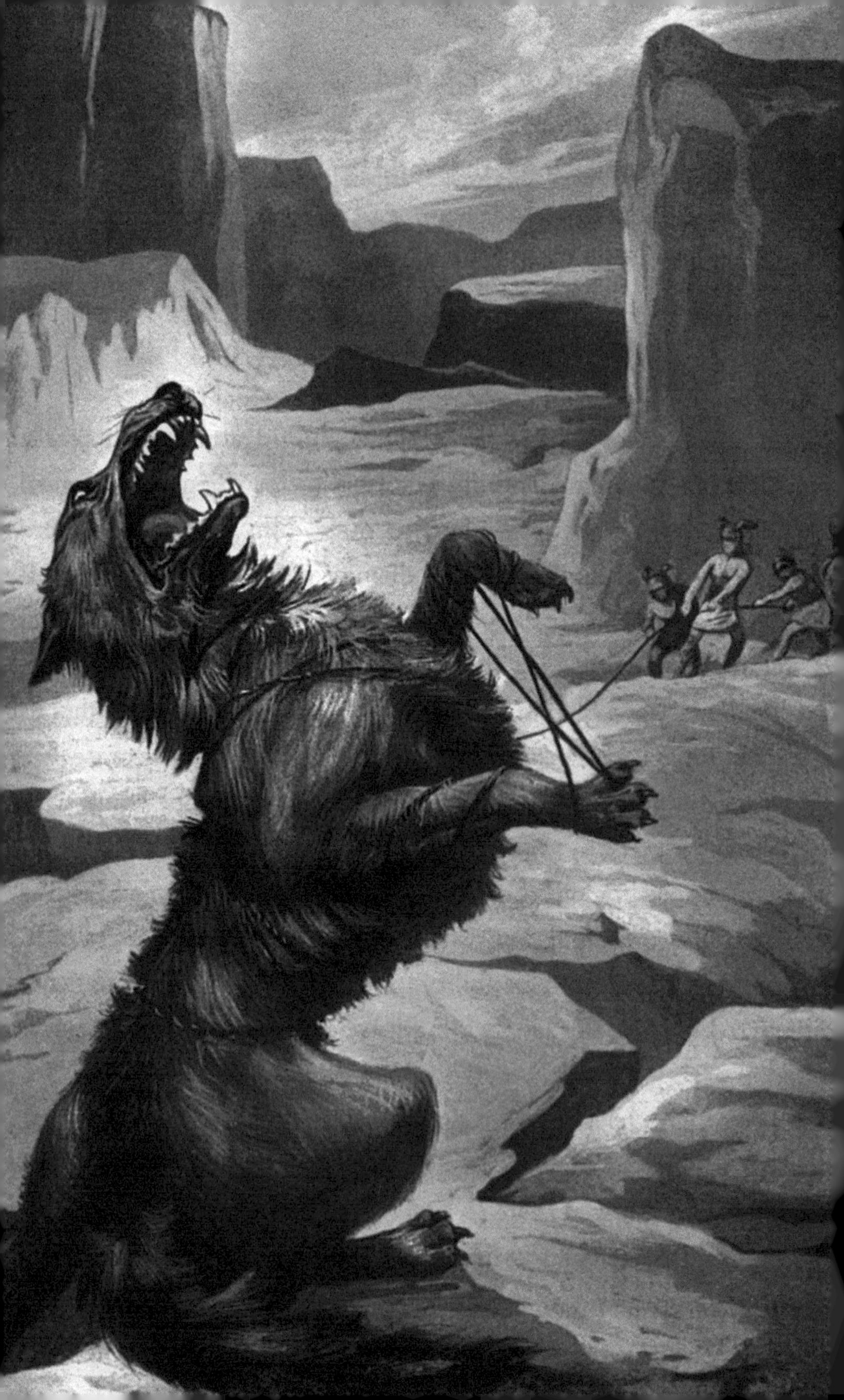

O deus da guerra

Tyr, Tiu ou Ziu era filho de Odin, e, segundo diferentes mitógrafos, sua mãe era Frigga, rainha dos deuses, ou uma bela giganta cujo nome é desconhecido, mas que era uma personificação do mar bravio. Ele é o deus da honra marcial e uma das 12 principais divindades de Asgard. Embora aparentemente não tivesse nenhuma residência especial ali, era sempre bem recebido em Vingolf ou Valhala e ocupava um dos 12 assentos no grande salão do conselho de Gladsheim.

> *O salão Gladsheim, feito de ouro;*
> *Onde em círculo se alinham 12 assentos,*
> *E no centro um mais alto, o trono de Odin.*
> BALDER DEAD [BALDER MORTO], MATTHEW ARNOLD

Como deus da coragem e da guerra, Tyr era frequentemente invocado pelos vários povos do Norte, que pediam a ele, assim como a Odin, para obter vitória. A prova de que ocupava um posto ao lado de Odin e de Thor é o seu nome, Tiu, ter sido dado a um dos dias da semana, *Tiu's day* (o dia de Tiu), que no inglês moderno se tornou *Tuesday* [terça-feira]. Sob o nome de Ziu, Tyr foi a principal divindade dos suábios, que originalmente chamavam sua capital, a moderna Augsburgo, de Ziusburg. Esse povo, venerando o deus como fazia, costumava cultuá-lo sob o emblema de uma espada, seu atributo distintivo, e em sua honra fazia grandes danças com tal arma e diversas coreografias. Por vezes, os participantes formavam duas fileiras compridas, cruzavam as espadas no alto e desafiavam o mais corajoso dentre eles a tentar fugir saltando por cima. Outras vezes, os guerreiros juntavam as pontas de suas espadas no formato de uma rosa ou uma roda, e quando essa figura se completava convidavam seu

IMAGEM
A captura de Fenrir
DOROTHY HARDY

chefe para se postar sobre o miolo formado pelas lâminas de aço lisas e brilhantes, e então eles o erguiam e o conduziam em triunfo por todo o acampamento. A ponta da espada era considerada tão sagrada que se tornou costume registrar juramentos sobre ela.

> [...] *Vinde, meus senhores,*
> *E ponde as mãos de novo sobre a espada:*
> *Nunca falar daquilo que hoje ouvistes,*
> *Jurai por minha espada.*
> HAMLET, SHAKESPEARE

Um aspecto característico do culto desse deus entre os francos e outros povos nórdicos era o fato de que os sacerdotes, chamados druidas ou godi, ofereciam sacrifícios humanos em seus altares, em geral cortando uma "águia sangrenta", ou "águia aberta", em suas vítimas, isto é, fazendo uma profunda incisão de cada lado da coluna, soltando e revirando as costelas para fora, e arrancando as vísceras por essa abertura. Evidentemente, apenas prisioneiros de guerra eram assim tratados, e era uma questão de honra entre os povos do norte europeu suportar essa tortura sem ao menos gemer. Esses sacrifícios eram realizados sobre altares rústicos chamados dólmãs, que ainda podem ser encontrados no norte da Europa. Como Tyr era considerado padroeiro da espada, era indispensável gravar o sinal ou runa que o representava na lâmina de todas as espadas — um preceito que a *Edda* ordenava a todos aqueles desejosos de obter a vitória.

> *Deves a runa Sig conhecer,*
> *Se a vitória — sigr — desejas obter,*
> *E gravá-la em tua espada;*
> *Algumas na bainha,*
> *Algumas no punho,*
> *E duas vezes o nome de Tyr.*
> LAY OF SIGDRIFA [LAI DE SIGRDRÍFA]
> (TRADUÇÃO INGLESA DE THORPE)

Tyr era identificado com o deus saxão Saxnot (de *sax*, uma espada) e com Er, Heru ou Cheru, a principal divindade dos queruscos, que também o consideravam deus do sol e diziam que sua espada reluzente era um emblema de seus raios.

> *Esta espada é um raio de luz*
> *Roubado ao Sol!*
> VALHALLA, J.C. JONES

A espada de Tyr

Segundo uma antiga lenda, a espada de Cheru, feita pelos mesmos anões, filhos de Ivaldi, que fizeram a lança de Odin, era considerada sagrada por seu povo, aos cuidados de quem ele a deixara, declarando que aqueles que a possuíssem teriam vitória certa sobre seus inimigos. Mas, embora bem guardada no templo, onde ficava suspensa para refletir os primeiros raios de sol da manhã, súbita e misteriosamente a espada desapareceu uma noite. Uma Vala, druidesa ou profetisa, quando consultada pelos sacerdotes, revelou que as Nornas haviam decretado que quem a possuísse conquistaria o mundo e morreria em seu fio; apesar de todos os pedidos, ela se recusou a dizer quem levara a arma ou onde poderiam encontrá-la.

Algum tempo depois, um forasteiro alto e altivo chegou a Colônia, onde o prefeito romano Vitélio fazia um banquete, e o chamou a deixar de lado seus amados quitutes. Na presença dos soldados romanos, o forasteiro entregou a espada ao prefeito, dizendo que lhe traria glória e fama, e então o saudou como imperador. As legiões reunidas bradaram, e Vitélio, sem ter feito nenhum esforço para conquistar essa honra, viu-se aclamado imperador de Roma.

O novo regente, contudo, ficou tão absorto em se entregar a seu gosto pela comida e pela bebida que prestou pouca atenção à espada divina. Um dia, viajando tranquilamente rumo a Roma, ele se descuidou e deixou a espada pendurada na antecâmara de seu pavilhão. Um soldado germânico aproveitou a oportunidade e substituiu a arma por sua própria lâmina enferrujada, e o imperador apatetado nem reparou na troca. Quando chegou a Roma, Vitélio ficou sabendo que as legiões orientais haviam nomeado Vespasiano imperador e que este estava a caminho para reivindicar o trono.

Procurando a arma sagrada para defender seus direitos, Vitélio então percebeu o roubo e, tomado por temores supersticiosos, nem tentou lutar. Refugiou-se em um canto escuro de seu palácio, de onde foi vergonhosamente arrastado pela população enfurecida até o sopé da Colina do Capitólio. Ali a profecia foi plenamente cumprida, pois o soldado germânico, que passara para a legião adversária, chegando naquele momento, cortou a cabeça de Vitélio com a espada sagrada.

O soldado germânico então mudou de uma legião para outra e viajou por muitas outras terras; mas sempre que alguém se deparava com ele e sua espada, a vitória era assegurada. Depois de conquistar grande honra e distinção, esse homem, envelhecido, retirou-se do serviço e passou a viver nas margens do Danúbio, onde em segredo enterrou a arma preciosa e, para vigiá-la enquanto vivesse, construiu uma cabana sobre o local. Quando em seu leito de morte imploraram que revelasse onde a havia escondido, ele persistiu na recusa em dizê-lo, contando que a espada seria encontrada por um homem destinado a conquistar o mundo, mas que também não conseguiria escapar da maldição da arma.

Anos se passaram. Ondas e mais ondas de invasões bárbaras varreram aquela parte do país, e por fim vieram os terríveis hunos, sob a liderança de Átila, o Flagelo de Deus. Enquanto Átila percorria a margem do rio, viu um camponês tristonho examinando a pata de sua vaca, que fora ferida por alguma ferramenta cortante enterrada no meio do pasto alto. Uma busca foi feita no local, e ali encontraram uma espada enterrada se projetando do chão.

Vendo o belo artesanato e o bom estado de conservação da arma, Átila de imediato exclamou que se tratava da espada de Cheru e, brandindo-a acima da cabeça, anunciou que conquistaria o mundo. Batalhas e mais batalhas foram travadas pelos hunos, que, segundo a *Saga*, foram vitoriosos em toda parte — até Átila, exausto da guerra, estabelecer-se na Hungria, tomando por esposa a bela princesa borgonhesa Ildico, cujo pai ele matara. Essa princesa, ressentindo-se do assassinato do pai e desejando vingá-lo, aproveitou-se da embriaguez do rei na noite do casamento para se apoderar da espada divina, com a qual o matou na própria cama, cumprindo a profecia feita tantos anos antes.

A espada mágica mais uma vez desapareceu por muito tempo, para ser desenterrada pela última vez pelo duque de Alba, general de Carlos v, que pouco depois conquistou a vitória em Mühlberg (1547). Os francos costumavam realizar jogos marciais todos os anos em honra da espada; mas dizem que, quando os deuses pagãos foram renegados em favor do cristianismo, os sacerdotes transferiram muitos de seus atributos para os santos, e essa espada se tornou propriedade do arcanjo São Miguel, que a empunhou desde então.

Tyr, cujo nome era sinônimo de bravura e sabedoria, também era considerado pelos nórdicos antigos comandante das ajudantes de Odin, as Valquírias de braços alvos, e pensavam que era ele quem designava os guerreiros levados por elas até Valhala para ajudar os deuses no último dia.

Deus Tyr enviou
Göndul e Skögul
Para um rei escolher
Da raça de Yngve,
Para com Odin viver
No vasto Valhala.
NORSE MYTHOLOGY [MITOLOGIA NÓRDICA], R.B. ANDERSON

A história de Fenrir

Tyr era geralmente representado tendo apenas uma das mãos, assim como Odin o era com um só olho. Há várias explicações para isso, dadas por diferentes especialistas; alguns alegam que era porque ele tinha o poder de dar a vitória apenas para um lado; outros, porque uma espada possui apenas uma lâmina. Seja como for, os antigos preferiam explicar o fato da seguinte maneira:

Loki casou-se secretamente em Jotunheim com a hedionda giganta Angrboda (pressagiadora de angústia), que gerou dele três crias monstruosas: o lobo Fenrir, Hel — a deusa semiviva da morte — e Jormungandr, uma terrível serpente. Ele manteve a existência desses monstros em segredo enquanto pôde, mas eles logo ficaram tão grandes que não puderam mais permanecer confinados na caverna onde nasceram. Odin, de seu trono Hlidskialf, logo ficou sabendo da existência deles e também da preocupante rapidez com que cresciam. Temendo que os monstros, quando ficassem ainda mais fortes, invadissem Asgard e destruíssem os deuses, o Pai de Todos decidiu se livrar deles e, caminhando até Jotunheim, atirou Hel nas profundezas de Niflheim, dizendo que ela poderia reinar sobre os nove mundos desolados dos mortos. Ele então lançou Jormungandr no mar, onde a serpente assumiu proporções tão imensas que por fim circundou a terra, mordendo a própria cauda.

> *Lançada às profundezas escuras do mar,*
> *Crescendo a cada dia, até ficar gigantesca,*
> *A serpente logo cercou o mundo inteiro,*
> *Com a cauda na boca, em forma circular;*
> *Mantida ainda inofensiva*
> *Pela vontade de Odin.*
> VALHALLA, J.C. JONES

Não muito satisfeito com o fato de a serpente ter adquirido tais temíveis dimensões no mar, Odin resolveu levar Fenrir para Asgard, onde ele esperava que, sendo bem tratado, fosse conseguir torná-lo gentil e afável. Mas todos os deuses reagiram com horror quando viram o lobo, e nenhum deles ousou se aproximar para lhe dar comida além de Tyr, que a nada temia. Vendo que Fenrir crescia em tamanho, força, voracidade e ferocidade a cada dia, os deuses reuniram-se em conselho para deliberar sobre o que fazer com ele. Decidiram por unanimidade que matá-lo seria profanar o próprio lar, e portanto o amarrariam tão depressa que ele não conseguiria lhes fazer nenhum mal.

Com tal propósito em vista, eles obtiveram uma corrente forte chamada Læding, e então propuseram, em um tom lúdico, que amarrassem Fenrir com ela para testar sua afamada força. Confiante em sua capacidade de se soltar, Fenrir pacientemente permitiu que o prendessem e, quando todos se afastaram, com poderoso esforço ele se esticou e rompeu a corrente com facilidade.

Disfarçando a tristeza, os deuses louvaram sua força, mas em seguida trouxeram outra corrente ainda mais forte, Droma, com a qual, após algumas tentativas de persuasão, o lobo permitiu que lhe prendessem como antes. Mais uma vez, um esforço breve e intenso bastou para romper a corrente, e tornou-se proverbial no Norte usar expressões figurativas como "se soltar de Læding" e "escapar de Droma" sempre que grandes dificuldades deviam ser superadas.

Duas vezes os Aesir tentaram atar,
Duas vezes os grilhões viram fracassar;
Ferro ou bronze não bastaram,
Nada além da magia deu resultado.
VALHALLA, J.C. JONES

Os deuses, percebendo então que grilhões comuns, mesmo que fortes, jamais deteriam a grande força do lobo Fenrir, mandaram Skirnir, criado de Frey, descer até Svartalfaheim e mandar que os anões fabricassem uma corrente que nada fosse capaz de romper.

Por artes mágicas, os elfos sombrios fabricaram uma fina corda de seda feita de materiais impalpáveis, como o som dos passos dos gatos, a barba da mulher, a raiz da montanha, os desejos dos ursos, a voz dos peixes e a saliva das aves. Quando ficou pronta, eles a entregaram a Skirnir, garantindo que força nenhuma conseguiria rompê-la e, quanto mais fosse tensionada, mais forte a corda se tornaria.

Gleipnir, enfim,
Pelos Elfos Sombrios forjada,
Em Svartalfheim, com fortes feitiços;
A Odin foi por Skirnir levada:
Suave como a seda, leve como o ar,
Mas do poder mágico mais raro.
VALHALLA, J.C. JONES

Armados desta corda, chamada Gleipnir, os deuses foram com Fenrir à ilha Lyngvi, no meio do lago Amsvartnir, e outra vez propuseram testar sua força. Mas, embora Fenrir tivesse crescido e ficado ainda mais forte, ele desconfiou da corda, que parecia muito fina. Então, recusou-se a deixar que o prendessem, a não ser que um dos Aesir consentisse em pôr a mão na sua boca e deixá-la ali, como penhor da boa-fé e de que nenhuma arte mágica seria usada contra ele.

Os deuses ouviram a decisão apreensivos, e todos recuaram, exceto Tyr. Este, vendo que os outros não se arriscariam a concordar com aquela condição, ousadamente deu um passo à frente e enfiou a mão entre os dentes do monstro. Os deuses então amarraram Gleipnir em torno do pescoço e das patas de Fenrir e, quando viram que o máximo empenho do lobo para se libertar era infrutífero, gritaram e gargalharam exultantes. Tyr, contudo, não podia compartilhar dessa alegria, pois o lobo, vendo-se cativo, mordeu o deus na altura do pulso, que desde então ficou conhecido como "articulação do lobo".

Loki
Cala-te, Tyr!
Tu jamais poderias decidir
Uma trégua entre dois lados;
A tua mão direita
Também devo mencionar,
Que de ti Fenrir tomou.

Tyr
A mim falta uma das mãos,
Mas a ti, honesta fama;
Má é a ausência de ambas.
Nem o lobo fica em paz:
Amarrado deve estar
Até a ruína dos deuses.
SÆMUND'S EDDA [EDDA DE SEMUNDO]
(TRADUÇÃO INGLESA DE THORPE)

Privado da mão direita, Tyr foi então obrigado a usar o braço mutilado para empunhar o escudo, enquanto segurava a espada com a mão esquerda; mas tamanha era sua destreza que conseguia matar seus inimigos como antes.

Os deuses, apesar do esforço do lobo, passaram a ponta da corda Gleipnir através da pedra Gioll e amarraram ao rochedo Thviti, que ficava bem fincado no chão. Abrindo sua boca temerária, Fenrir emitiu uivos tão terríveis que os deuses, para silenciá-lo, enfiaram uma espada em sua boca, o cabo apoiado na mandíbula e a ponta contra o palato. O sangue então começou a escorrer em tamanha profusão que formou um grande rio, chamado Von. O lobo estava destinado a permanecer preso assim até o fim dos dias, quando ele conseguiria romper sua amarração e ficaria livre para se vingar de seus adversários.

O lobo Fenrir,
Livre das cordas,
Rondará a terra.
DEATH-SONG OF HÂKON [CANÇÃO DE MORTE DE HAAKON]
(TRADUÇÃO INGLESA DE W. TAYLOR)

Embora alguns estudiosos vejam nesse mito um emblema do delito evitado e tornado inócuo pelo poder da lei, outros veem aqui o fogo subterrâneo, que, mantido preso, não faz mal a ninguém, mas uma vez libertado de seus grilhões enche o mundo de destruição e dor. Assim como diziam que o segundo olho de Odin ficava no Poço de Mimir, também a segunda mão de Tyr (a espada) estaria na boca de Fenrir. Assim como o céu não precisa de dois sóis, ele não precisava de duas armas.

O culto de Tyr é celebrado em diversos lugares (como em Tubinga, na Alemanha), onde seu nome foi preservado, ainda que com algumas modificações. O nome do deus também foi dado ao acônito, uma planta conhecida nos países nórdicos como "elmo de Tyr".

capítulo

Bragi

VI

A origem da poesia

Na época da disputa entre os Aesir e os Vanas, quando o acordo de paz fora selado, foi trazido um jarro à assembleia, no qual ambas as partes solenemente cuspiram. Dessa saliva, os deuses criaram Kvase, um ser conhecido por sua sabedoria e bondade, que perambulava pelo mundo respondendo a todas as perguntas que lhe faziam, assim ensinando e fazendo o bem para a humanidade.

Os anões, ouvindo falar da vasta sabedoria de Kvase, cobiçaram-na. Dois deles, Fialar e Galar, encontrando o sábio homem dormindo um dia, traiçoeiramente o mataram e extraíram dele cada gota de sangue, que guardaram em três recipientes: a chaleira Odhroerir (inspiração) e as tigelas Son (expiação) e Boden (oferenda). Após misturar esse sangue com mel, eles fabricaram uma espécie de bebida tão inspiradora que qualquer um que a provasse imediatamente se tornava poeta e capaz de cantar com tal encanto que certamente conquistaria todos os corações.

Embora os anões tivessem preparado esse maravilhoso hidromel para consumirem, não chegaram sequer a prová-lo; mas trataram de escondê-lo em um lugar secreto antes de partirem em busca de outras aventuras. Ainda não haviam chegado muito longe quando encontraram o gigante Gilling, também mergulhado em sono profundo, deitado em uma ribanceira alta, e maliciosamente os anões rolaram-no para dentro do rio, onde ele pereceu. Então correram para a casa do gigante; alguns subiram no telhado, levando uma enorme pedra de moinho, enquanto outros, entrando na casa, disseram à giganta que o marido tinha morrido. A notícia causou à pobre criatura uma grande tristeza, e ela saiu correndo para ver o cadáver de Gilling. Ao passar pela porta, no entanto, os anões cruéis rolaram a pedra de moinho sobre a cabeça da giganta e a mataram. Segundo outro relato, os anões convidaram o gigante para ir pescar com eles e conseguiram matá-lo colocando-o em um barco furado, que afundou com seu peso.

O duplo crime assim cometido não ficou muito tempo sem castigo, pois o irmão de Gilling, Suttung, rapidamente partiu em busca dos anões, decidido a vingá-lo. Capturando-os em suas mãos poderosas, o gigante deixou-os em um banco de areia bem no meio do oceano, onde certamente eles teriam morrido na próxima maré alta se não tivessem se redimido, prometendo entregar ao gigante o hidromel que haviam preparado. Assim que Suttung os deixou em terra firme, os anões lhe deram o precioso líquido, que ele confiou à sua filha Gunlad. O gigante ordenou que a filha o vigiasse noite e dia e não permitisse que nem deuses, nem mortais sequer o provassem. Para garantir que as ordens do pai fossem bem cumpridas, Gunlad levou os três recipientes para o interior da montanha, onde os vigiou com o mais escrupuloso cuidado, sem suspeitar que Odin já havia descoberto o esconderijo, graças à visão aguçada de seus corvos sempre vigilantes, Hugin e Munin.

A busca do elixir

Como Odin havia dominado o conhecimento rúnico e provado das águas do Poço de Mimir, ele já era o mais sábio dos deuses; mas quando soube do poder do hidromel da inspiração fabricado do sangue de Kvase, ansiou obter o líquido mágico. Com esse propósito, vestiu seu chapéu de aba larga, envolveu-se em seu manto cor de nuvem e viajou até Jotunheim. No caminho até a casa do gigante, ele passou por um campo onde nove thralls horrendos faziam feno. Odin parou por um momento para observar o trabalho deles e, reparando que suas foices pareciam cegas, propôs afiá-las, oferta que esses escravos prontamente aceitaram.

Tirando a pedra de amolar do bolso interno, Odin passou a afiar as nove foices, e com destreza deixou seu fio tão agudo que os escravos, satisfeitíssimos, pediram que ele lhes desse a pedra de amolar. Aquiescendo, bem-humorado, Odin atirou a pedra de amolar por cima do muro; mas, quando os nove escravos correram ao mesmo tempo para apanhá-la, feriram-se com as foices afiadas. Com raiva dos próprios descuidos, eles então começaram a brigar, e só pararam quando estavam todos gravemente feridos ou mortos.

Impávido diante dessa tragédia, Odin continuou seu caminho, e logo depois chegou à casa do gigante Balge, irmão de Suttung, que o recebeu com muita hospitalidade. Ao longo da conversa, Balge informou-o de que estava muito constrangido, porque era época de colheita, mas seus trabalhadores haviam sido encontrados mortos no campo de feno.

Odin, que nessa ocasião disse que seu nome era Bolverk (malfeitor), prontamente ofereceu seus serviços ao gigante, prometendo trabalhar o mesmo tanto que os nove escravos, e se empenhar com afinco o verão inteiro em troca de um único gole do hidromel mágico de Suttung quando a colheita terminasse. Essa troca foi imediatamente acertada, e o novo empregado de Balge, Bolverk, trabalhou incessantemente o verão inteiro, mais do que cumprindo seu contrato e guardando em segurança todo o trigo antes que começassem as chuvas do outono. Quando os primeiros dias de inverno chegaram, Bolverk se apresentou diante do patrão, reivindicando sua recompensa. Porém, Balge hesitou e tentou tergiversar, dizendo que não ousaria pedir abertamente a seu irmão Suttung um gole do elixir da inspiração, mas tentaria obtê-lo mediante uma artimanha. Juntos, Bolverk e Balge então foram para a montanha onde Gunlad morava, e como não encontraram outra maneira de entrar na caverna secreta, Odin sacou sua valorosa broca, chamada Rati, e mandou o gigante perfurar com toda força para fazer um buraco pelo qual ele pudesse se arrastar para dentro.

Balge obedeceu calado e depois de alguns momentos de trabalho retirou a ferramenta, dizendo que havia perfurado através da montanha e que Odin podia sem nenhuma dificuldade deslizar por ali. Mas o deus, desconfiado dessa afirmação, meramente soprou dentro do buraco, e quando a poeira e as lascas voaram em seu rosto, ele mandou seriamente Balge continuar a perfurar e que não tentasse enganá-lo outra vez. O gigante fez o que ele mandou, e, quando retirou novamente a ferramenta, Odin garantiu que o buraco estava realmente terminado. Transformando-se em cobra, ele serpenteou com notável rapidez e conseguiu se desviar da broca afiada que Balge traiçoeiramente enfiou no buraco para acertá-lo, com intenção de matá-lo.

A boca de Rati fiz
Cavar espaço,
E roer a rocha;
Por cima, por baixo,
As terras de Jotun:
Assim arrisquei minha cabeça.
"hávamál" (tradução inglesa de thorpe)

O roubo do elixir

Chegando ao interior da montanha, Odin retomou sua aparência de deus com o manto estrelado e então se apresentou na caverna cheia de estalactites diante da bela Gunlad. Ele tentou conquistar seu amor como forma de induzi-la a lhe permitir dar um gole de cada um dos recipientes confiados aos seus cuidados.

Conquistada pelos apelos apaixonados dele, Gunlad consentiu em se tornar sua esposa e, depois de o deus ter passado três dias inteiros com ela em seu refúgio, trouxe os recipientes do esconderijo secreto e disse que ele podia dar um gole de cada.

E um gole obtive
Do valioso hidromel,
Servido de Odhroerir.
"odin's rune song" [canção rúnica de odin]
(tradução inglesa de thorpe)

Odin fez bom uso dessa permissão e sorveu tão profundamente que esvaziou os três frascos. Então, tendo obtido tudo que desejava, saiu da caverna e, vestindo suas plumas de águia, voou para o azul do céu. Depois de pairar por um momento sobre o topo da montanha, bateu asas em direção a Asgard.

Ele ainda estava longe da morada dos deuses quando percebeu a presença de um perseguidor e, de fato, Suttung, também tendo assumido a forma de uma águia, vinha rapidamente atrás dele com intenção de obrigá-lo a devolver o hidromel roubado. Odin então voou cada vez mais depressa, esforçando-se ao máximo para chegar a Asgard antes que o inimigo o alcançasse, e, conforme se aproximava de sua morada, os deuses assistiram aflitos à corrida.

Vendo que Odin teria dificuldade para escapar, os Aesir rapidamente reuniram todo material combustível que puderam encontrar e, quando ele voou sobre as muralhas do palácio, atearam fogo de modo que as chamas, muito altas, queimaram as asas de Suttung enquanto ele perseguia o deus. O gigante, então, caiu e pereceu consumido pelas chamas.

Quanto a Odin, ele voou até onde os deuses haviam preparado outros frascos para o hidromel roubado e regurgitou o elixir da inspiração com tanta pressa, ofegante, que algumas gotas caíram e se espalharam pela terra. Lá elas se tornariam o quinhão dos rimadores e poetastros; os deuses reservaram o restante do elixir para consumo próprio e só de vez em quando ofereciam um gole a um mortal favorito, que, imediatamente depois de beber, conquistava fama mundial por suas canções inspiradoras.

De uma forma assumida
Fiz bom uso:
Pouco escapa ao sábio;
Pois Odhroerir
Agora chegou
À terra dos homens.
"HÁVAMÁL" (TRADUÇÃO INGLESA DE THORPE)

Como os homens e os deuses deviam o precioso presente a Odin, eles estavam sempre dispostos a expressar a ele sua gratidão, e não só chamavam o líquido pelo nome, como o cultuavam como padroeiro da eloquência, da poesia, da canção e de todos os escaldos.

O deus da música

Embora Odin tivesse conquistado assim o dom da poesia, ele raramente fazia uso dele. Coube a seu filho Bragi, cuja mãe era Gunlad, tornar-se o deus da poesia e da música wcantar o mundo com suas canções.

Bardo de barbas brancas,
Bragi, sua harpa dourada
Toca — e ainda mais suave
Conquista o dia.
VIKING TALES OF THE NORTH [CONTOS VIKINGS DO NORTE],
R.B. ANDERSON

Assim que Bragi nasceu, na caverna das estalactites onde Odin ganhara as afeições de Gunlad, os anões o presentearam com uma harpa mágica dourada e, colocando-o em um de seus próprios barcos, enviaram-no para o mundo. Conforme o barco delicadamente saiu da escuridão subterrânea e flutuou para além dos umbrais de Nain — o domínio do anão da morte —, Bragi, o belo e imaculado deus jovem, que até então não dera nenhum sinal de vida, subitamente se sentou, e, apanhando a harpa dourada ao lado, começou a cantar a maravilhosa canção da vida, que se ergueu aos poucos até o céu e depois mergulhou no pavoroso domínio de Hel, deusa da morte.

O freixo Yggdrasil
De todas as árvores é a melhor,
E de todos os barcos, Skidbladnir;
Dos Aesir, é Odin,
Dos corcéis, Sleipnir;
Bifrost, entre as pontes,
E dos escaldos, Bragi.
LAY OF GRIMNIR [LAI DE GRIMNIR]
(TRADUÇÃO INGLESA DE THORPE)

Enquanto ele tocava sua harpa, o barco foi levado pelas gentis águas ensolaradas e logo chegou à margem. Bragi então prosseguiu a pé, trilhando a floresta nua e silenciosa, tocando enquanto caminhava. Ao som de sua música suave, as árvores começaram a brotar e a florescer, e a relva a seus pés ficou juncada de incontáveis flores.

Ali ele encontrou Iduna, filha de Ivald, a bela deusa da juventude imortal, a quem os anões permitiam visitar a terra de tempos em tempos, quando, à sua chegada, a natureza invariavelmente assumia seu aspecto mais adorável e delicado.

Era de se esperar que dois seres assim se sentissem atraídos um pelo outro, e Bragi logo conquistou a bela deusa como esposa. Juntos, eles logo se encaminharam para Asgard, onde foram calorosamente acolhidos e onde Odin, depois de traçar runas na língua de Bragi, decretou que ele seria o menestrel celestial e compositor de canções em honra dos deuses e dos heróis que receberia em Valhala.

O culto a Bragi

Como Bragi era o deus da poesia, da eloquência e da canção, os povos nórdicos também chamavam a poesia por seu nome, e os escaldos de ambos os sexos eram frequentemente designados *Braga-men* ou *Braga-women*. Bragi era muito venerado por todos os povos nórdicos e sempre se bebia à sua saúde em ocasiões solenes ou festivas, mas sobretudo em funerais e na celebração do Yule.

Na hora de brindar a bebida servida em uma taça em forma de barco, chamada de Bragaful, primeiro se fazia o sinal sagrado do martelo sobre ela. Então o novo rei ou chefe da família solenemente prometia um grande feito de valor, que devia executar ao longo do ano, a não ser que quisesse ser considerado destituído de honra. Seguindo seu exemplo, todos os convidados então faziam votos semelhantes e declaravam o que fariam no ano; alguns deles, devido à bebedeira, acabavam falando demais sobre suas intenções nessas festas, e esse fato aparentemente sugere a associação do nome do deus com o verbo vulgar, porém muito expressivo, *to brag* ("bravatear" em inglês).

Na arte, Bragi geralmente é representado como um homem idoso, de longos cabelos e barbas brancas, segurando a harpa dourada da qual seus dedos tiravam acordes mágicos.

capítulo

Iduna

VII

Iduna

B.E. WARD

As Maçãs da Juventude

Iduna, a personificação da primavera ou da juventude imortal, que, segundo alguns mitógrafos, não teve nascimento e jamais experimentaria a morte, foi recebida com entusiasmo pelos deuses quando apareceu em Asgard com Bragi. Para conquistar ainda mais a afeição dos deuses, ela prometeu a eles que diariamente provariam das maravilhosas maçãs que levava em seu cesto, as quais tinham o poder de conferir juventude e beleza imortais a todos que as comessem.

> *Douradas maçãs*
> *De seu pomar*
> *Dariam juventude*
> *A quem sempre as comesse.*
> O ANEL DO NIBELUNGO, RICHARD WAGNER (TRADUÇÃO DE FORMAN)

Graças a esse fruto mágico, os deuses escandinavos, que, por terem se originado de uma raça mestiça não eram todos imortais, afastaram a chegada da velhice e da doença e permaneceram vigorosos, belos e jovens ao longo de inúmeras eras. Essas maçãs eram portanto consideradas de fato muito preciosas, e Iduna cuidadosamente as guardava em seu cesto mágico. Não importava quantas maçãs ela tirasse do cesto, o número era sempre suficiente para distribuí-las no banquete dos deuses, os únicos a quem ela permitia prová-las, embora anões e gigantes fossem ávidos para obter o fruto.

> *Clara Iduna, donzela imortal!*
> *Em Valhala, junto ao portal,*
> *Em sua cesta bem recheada*
> *De raras maçãs douradas;*

> Raras maçãs, de fora da Terra,
> Dão novo viço aos deuses velhos.
> VALHALLA, J.C. JONES

A história de Thiassi

Um dia, Odin, Hoenir e Loki partiram em uma de suas costumeiras excursões à terra, e, depois de perambular por muito tempo, viram-se em uma região deserta, onde não encontraram nenhum lugar hospitaleiro para descansar. Exaustos e muito famintos, os deuses, notando um rebanho de bois, mataram um dos animais e, acendendo uma fogueira, sentaram-se em volta do fogo enquanto esperavam a carne assar.

Para sua surpresa, no entanto, apesar das chamas ruidosas, a carne continuava crua. Percebendo que devia haver alguma magia envolvida ali, eles procuraram no entorno e descobriram o que podia estar atrasando o cozimento quando notaram uma águia empoleirada em uma árvore acima deles. Vendo que despertara a desconfiança dos viajantes, a águia se dirigiu a eles e admitiu que era ela quem havia impedido o fogo de fazer seu trabalho, mas se ofereceu para remover o encanto se eles lhe dessem toda a comida que conseguisse comer. Os deuses concordaram, e então a águia, descendo em rasante, abanou as chamas com suas asas imensas, e logo a carne ficou pronta. O pássaro então se posicionou para arrancar três quartos do boi como sua cota, mas isso foi demais para Loki, que apanhou uma grande estaca de madeira e avançou sobre a águia voraz, esquecendo-se de que ela era conhecedora das artes mágicas. Para seu grande desalento, uma das pontas da estaca se cravou nas costas da águia e a outra ponta em sua mão, e Loki se viu arrastado sobre as pedras e os matagais, às vezes até pelo ar, quase tendo seu braço arrancado. Em vão, ele gritou por compaixão e implorou para que fosse solto; a águia continuou voando, até que o deus prometesse pagar o preço que ela definisse pela liberdade dele.

A suposta águia, que era o gigante da tempestade Thiassi, enfim concordou em soltar Loki, sob uma condição. Ele o fez prometer no mais solene juramento que atrairia Iduna para fora de Asgard, de modo que Thiassi pudesse se apoderar dela e de seu fruto mágico.

Libertado enfim, Loki voltou a Odin e Hoenir, aos quais, contudo, tratou de não confiar a condição de sua liberdade; e quando voltaram a Asgard ele começou a planejar como atrair Iduna para fora da morada dos deuses. Alguns dias depois, Bragi tendo se ausentado em uma de suas viagens de menestrel, Loki procurou Iduna nos bosques de Brunnaker, onde ela passara a viver, e descrevendo astuciosamente algumas maçãs que cresciam lá fora, que ele falsamente declarou serem idênticas às dela, a atraiu para sair de Asgard com um prato de cristal cheio de suas próprias maçãs, que ela pretendia comparar com aquelas que Loki elogiara. Assim que Iduna deixou Asgard, contudo, o enganador Loki a abandonou, e antes que ela conseguisse voltar ao abrigo da morada celestial, o gigante da tempestade Thiassi chegou do norte com suas asas de águia e, arrebatando-a com suas garras cruéis, levou-a embora para sua casa no ermo e desolado Thrymheim.

Thrymheim é o nome do sexto,
Onde mora Thiassi,
O todo-poderoso Jotun.
LAY OF GRIMNIR [LAI DE GRIMNIR] (TRADUÇÃO INGLESA DE THORPE)

Isolada de seus amados companheiros, Iduna sofreu, ficou pálida e triste, mas se recusou com obstinação a dar a Thiassi nem sequer um pedacinho de seu fruto mágico, que, como ele bem sabia, o tornaria belo e renovaria sua força e juventude.

Todos os males ocasionados
Ao salão de Odin
Têm origem na vileza de Loki.
Para fora de Valhala
Ele a pura Iduna levou –
Cuja bela cesta
Tem raras maçãs
Que tornam deuses imortais –
E na torre de Thiassi emparedou.
VALHALLA, J.C. JONES

O tempo passou. Os deuses, pensando que Iduna tivesse acompanhado o marido e que logo voltaria, a princípio não se deram conta de sua partida, mas pouco a pouco o efeito benéfico do último banquete de maçãs passou. Eles começaram a sentir a velhice se aproximar e viram sua juventude e beleza se extinguir; então, preocupados, começaram a procurar a deusa desaparecida.

As investigações revelaram que Iduna fora vista pela última vez na companhia de Loki, e, quando Odin severamente o chamou para se explicar, o deus foi obrigado a admitir que a havia traído e deixado que fosse levada pelo gigante da tempestade.

> *Pelo semblante insolente,*
> *Logo em Valhala se viu*
> *Que eram artes de Loki, traiçoeiro,*
> *Que levaram Iduna embora*
> *Para a torre sombria,*
> *Sob o jugo de um gigante.*
> VALHALLA, J.C. JONES

A volta de Iduna

A atitude dos deuses então se tornou muito ameaçadora, e ficou claro para Loki que, se ele não descobrisse meios de trazer de volta a deusa, e sem demora, sua vida estaria sob risco considerável.

Ele garantiu aos deuses indignados, portanto, que não deixaria pedra sobre pedra em seus esforços para libertar Iduna. Tomando emprestadas as plumas de falcão de Freya, Loki voou para Thrymheim, onde encontrou Iduna sozinha, triste, lamentando-se em seu exílio de Asgard e sofrendo pela falta de seu amado Bragi. Segundo alguns relatos, ele transformou a bela deusa em uma noz — segundo outros, em andorinha —, prendeu-a entre suas garras e, então, rapidamente voltou a Asgard, na esperança de chegar ao abrigo das altas muralhas antes que Thiassi voltasse de uma pescaria nos mares do norte, à qual tinha ido.

Nesse ínterim, os deuses haviam se reunido nas muralhas da cidade celestial, e estavam aguardando a volta de Loki com muito mais angústia do que sentiram por Odin quando ele partira em busca do elixir de Odhroerir. Lembrando o sucesso de sua artimanha na ocasião, eles haviam reunido grandes pilhas de materiais combustíveis, que ficaram prontos para incendiar a qualquer momento.

De repente, viram Loki se aproximar, mas logo atrás dele vinha uma grande águia. Era o gigante Thiassi, que voltara a Thrymheim e descobrira que sua prisioneira havia sido levada por um falcão, no qual ele logo reconheceu um deus. O gigante tratou de vestir as plumas de águia, partiu no encalço do suposto falcão e se aproximava de sua presa com velocidade. Loki duplicou seus esforços ao se ver perto das muralhas de Asgard e, antes que Thiassi o alcançasse, chegou ao seu objetivo e se atirou exausto aos pés dos deuses. Sem demora, os deuses acenderam o fogo no material reunido, e quando Thiassi passou sobre as muralhas, as chamas e a fumaça o derrubaram no chão. Ferido e atordoado, o gigante era uma presa fácil para os deuses, que impiedosamente o apanharam e o mataram.

Os Aesir ficaram exultantes com o resgate de Iduna, e logo compartilharam das preciosas maçãs que ela trouxera de volta em segurança. Sentindo que recuperavam a força e a beleza a cada mordida, eles comentaram, bem-humorados, que não era de espantar que até os gigantes quisessem provar as maçãs da juventude perpétua. Os deuses juraram então que fariam dos olhos de Thiassi uma constelação nos céus, no intuito de amenizar a fúria de seus parentes ao saber que tinha sido assassinado.

No alto lancei olhos
Do filho de Allvadi
No céu sereno:
São os sinais maiores
Dos meus feitos.
LAY OF HARBARD [LAI DE HARBARD] (TRADUÇÃO INGLESA DE THORPE)

A deusa da primavera

A explicação física deste mito é óbvia. Iduna, emblema da vegetação, é sequestrada no outono, quando Bragi está ausente e o canto dos pássaros foi interrompido. O vento frio do inverno, Thiassi, detém Iduna no norte ermo e árido, onde ela não pode vicejar, até que Loki, o vento do sul, traz de volta a semente ou a andorinha, ambas precursoras da volta da primavera. A juventude, a beleza e a força conferidas por Iduna são simbólicas da ressurreição da Natureza na primavera depois do sono do inverno, quando a cor e o vigor voltam à terra, que se tornara enrugada e cinzenta.

Iduna cai no mundo ínfero

Como o desaparecimento de Iduna era uma ocorrência anual, podemos esperar encontrar outros mitos lidando com esse impressionante fenômeno. Há um muito apreciado pelos antigos escaldos, que, infelizmente, chegou até nós de forma muito incompleta e fragmentada. Segundo esse relato, Iduna estava um dia sentada nos ramos do sagrado freixo Yggdrasil quando, desmaiando subitamente, se soltou do galho e mergulhou em uma longa queda até a mais remota profundeza de Niflheim. Ali ela ficou, pálida e imóvel, contemplando com olhos arregalados e aterrorizados as horrendas paisagens do domínio de Hel, tremendo violentamente, como tomada por um frio penetrante.

> *Dos galhos estreitos*
> *Do freixo Yggdrasil*
> *A presciente Dis*
> *Tombou,*
> *De raça elevada,*
> *Iduna por nome,*
> *A mais nova dos mais velhos*
> *Filhos de Ivaldi.*
> *Ela mal suportou*
> *A queda até*
> *O gelo confinado*
> *Sob o tronco da árvore.*
> *Feliz não ficaria*
> *Com a filha de Norvi,*
> *Acostumada a morada*
> *Mais aprazível.*
> "ODIN'S RAVEN'S SONG" [CANÇÃO DOS CORVOS DE ODIN]
> (TRADUÇÃO INGLESA DE THORPE)

Vendo que ela não voltava, Odin mandou Bragi, Heimdall e outro deus irem procurá-la, dando-lhes uma pele de lobo branco para envolvê-la, de modo que ela não sofresse com o frio, e pedindo que fizessem todos os esforços para tirá-la do estupor que, sua presciência lhe dizia, havia se apoderado da deusa.

> *Pele de lobo eles lhe deram,*
> *Na qual ela mesma se envolveu.*
> "ODIN'S RAVEN'S SONG" [CANÇÃO DOS CORVOS DE ODIN]
> (TRADUÇÃO INGLESA DE THORPE)

Iduna passivamente permitiu que os deuses a envolvessem na pele quente de lobo, mas se recusou a falar ou a se mover; vendo o aspecto estranho da esposa, Bragi suspeitou, pesaroso, que ela tivesse tido uma visão de grandes infortúnios. Lágrimas escorriam continuamente pelo rosto pálido da deusa, e Bragi, abalado pela infelicidade dela, enfim mandou os outros deuses voltarem para Asgard sem ele, jurando que ficaria ao lado da esposa até que ela estivesse pronta para deixar o domínio desolado de Hel. A visão do sofrimento de Iduna oprimiu-o tão dolorosamente que ele não teve coragem de cantar suas canções, em geral alegres, e as cordas de sua harpa ficaram mudas enquanto ele permaneceu no mundo ínfero.

> *Zéfiro vozeante sobre as flores se arrastando,*
> *Como a música de Bragi sua harpa tocando.*
> VIKING TALES OF THE NORTH [CONTOS VIKINGS DO NORTE],
> R.B. ANDERSON

Nesse mito, a queda de Iduna de Yggdrasil é simbólica da queda outonal das folhas, que se soltam murchas e indefesas no chão frio e nu até serem escondidas pela neve, representada pela pele branca de lobo enviada por Odin (o céu) para mantê-las aquecidas; a interrupção do canto dos pássaros é tipificada pelo silêncio da harpa de Bragi.

capítulo

Njord

VIII

Um refém com os deuses

Já vimos como os Aesir e os Vanas trocaram reféns depois da terrível guerra que travaram entre si, e que enquanto Hoenir, irmão de Odin, foi viver em Vanaheim, Njord e seus dois filhos, Frey e Freya, passaram a viver em Asgard definitivamente.

> *Em Vanaheim*
> *Sábios poderosos o criaram,*
> *E aos deuses um refém entregaram.*
> LAY OF VAFTHRUDNIR [LAI DE VAFTRUDENER]
> (TRADUÇÃO INGLESA DE THORPE)

Como regente dos mares perto da costa e dos ventos, Njord recebeu o palácio de Noatun, perto da praia, onde, dizem, ele apaziguava as terríveis tempestades provocadas por Aegir, deus do mar profundo.

> *Njord, deus das tempestades que os pescadores conhecem;*
> *Não nasceu no Céu — em Vanaheim foi criado,*
> *Com os homens, mas vive refém dos deuses;*
> *Conhece cada braço de mar, e cada riacho rochoso,*
> *Entre pinhos e praias onde gritam gaivotas.*
> BALDER DEAD [BALDER MORTO], MATTHEW ARNOLD

Ele também estendia sua proteção especial ao comércio e à pesca, atividades que só podiam ser realizadas com proveito durante os breves meses do verão, dos quais ele era, em certa medida, considerado a personificação.

O deus do verão

Njord é representado na arte como um deus muito bonito, no auge da vida, vestindo uma túnica verde curta, com uma coroa de conchas e algas marinhas, ou um chapéu de aba marrom adornado com plumas de águia ou garça. Como personificação do verão, ele era invocado para apaziguar as tempestades furiosas que devastavam os litorais durante os meses de inverno. Suplicava-se também para que ele apressasse a volta do calor vernal, extinguindo os incêndios comuns no inverno.

Como a agricultura só era praticada durante os meses de verão, principalmente ao longo dos fiordes ou braços de mar, Njord era também invocado para favorecer as colheitas, pois se dizia que o deus se deliciava com a prosperidade daqueles que confiavam nele.

A primeira esposa de Njord, segundo alguns especialistas, foi sua irmã Nerthus, a Mãe Terra — que na Alemanha era identificada com Frigga, como vimos, mas na Escandinávia era uma divindade distinta. Njord foi, contudo, obrigado a se separar dela ao ser chamado a Asgard, onde ele ocuparia um dos 12 lugares no grande salão do conselho e estaria presente em todas as assembleias dos deuses, retirando-se para Noatun apenas quando seus serviços não eram requisitados pelos Aesir.

> *Em décimo primeiro, Noatun;*
> *Ali Njord para si*
> *Morada fez,*
> *Príncipe dos homens,*
> *Incólume de pecados*
> *Reina no templo elevado.*
> LAY OF GRIMNIR [LAI DE GRIMNIR]
> (TRADUÇÃO INGLESA DE THORPE)

Em seu lar litorâneo, Njord gostava de ficar observando as gaivotas voando para lá e para cá e de ver os graciosos movimentos dos cisnes, sua ave favorita, que considerava sagrados. Ele também passava horas contemplando as cambalhotas das focas delicadas, que vinham tomar sol a seus pés.

Skadi, deusa do inverno

Pouco depois do retorno de Iduna de Thrymheim e da morte de Thiassi nos limites de Asgard, os deuses reunidos ficaram muito surpresos e apreensivos ao ver Skadi, a filha do gigante, aparecer certo dia entre eles para exigir uma explicação pela morte do pai. Embora fosse filha de um Hrimthurs feio e velho, Skadi, a deusa do inverno, era na verdade muito bonita, usando armadura prateada, com lança reluzente, flechas pontiagudas, um vestido curto de caçadora, perneiras de pele branca e sapatos de neve largos. Os deuses tiveram de admitir a justiça de sua reivindicação, e então ofereceram a indenização de costume para compensar a morte de Thiassi. Skadi, no entanto, estava tão furiosa que a princípio recusou o acordo e seriamente exigiu uma vida em troca da vida do pai, até que Loki, no intuito de arrefecer a ira da deusa e pensando que, se conseguisse fazer os lábios frios dela relaxarem em um sorriso, o resto seria fácil, começou a fazer todo tipo de travessura. Amarrando-se a uma cabra com uma corda invisível, ele fez várias piruetas, que foram repetidas pelo animal. A cena foi tão grotesca que todos os deuses gargalharam bem alto, esfuziantes, e até Skadi acabou rindo.

Aproveitando o humor apaziguado da deusa, os deuses apontaram para o firmamento, onde os olhos do pai de Skadi brilhavam como estrelas cintilantes no hemisfério norte. Eles contaram que haviam colocado os olhos dele ali para demonstrar toda a honra que ele merecia, e, então, disseram que ela podia escolher um marido entre qualquer um dos deuses presentes na assembleia, desde que se contentasse em julgar os atrativos pelos pés descalços deles.

De olhos vendados, de modo que só pudesse ver os pés dos deuses postados em círculo à sua volta, Skadi olhou ao redor até que seus olhos pararam diante de um belo par de pés bem torneados. Ela teve certeza de que deviam ser os pés de Balder, deus da luz, cujo semblante brilhante a havia fascinado, e designou o dono daqueles pés como o seu escolhido.

Mas quando a venda foi removida, ela descobriu, para sua tristeza, que havia escolhido Njord, a quem seu destino estaria unido para sempre. Apesar da decepção, no entanto, ela passou uma lua de mel feliz em Asgard, onde todos pareciam contentes em honrá-la. Depois disso, Njord levou a noiva para sua casa em Noatun, onde o monótono som das ondas, os gritos das gaivotas e os gemidos das focas perturbavam tanto o sono de Skadi que ela finalmente declarou que era impossível permanecer ali mais tempo, e implorou ao marido que a levasse para sua terra natal em Thrymheim.

Dormir eu não dormia
Em meu leito marinho,
Tal a gritaria das gaivotas.
E acordava sempre
Quando das ondas vinha,
A cada manhã, o gemido.
NORSE MYTHOLOGY [MITOLOGIA NÓRDICA], R.B. ANDERSON

Njord, ansioso para agradar a nova esposa, consentiu em levá-la a Thrymheim e ali viver com ela nove a cada 12 noites, desde que Skadi passasse as outras três noites com ele em Noatun. Mas quando chegou à região montanhosa, o sussurro do vento nos pinheiros, o trovão das avalanches, os estalidos do gelo, o rugido das cataratas e os uivos dos lobos lhe pareceram tão insuportáveis quanto o som do mar parecera à esposa, de modo que se alegrava toda vez que esse período de exílio terminava e ele voltava a Noatun.

Exausto das montanhas;
Por lá não me demorei,
Apenas nove noites;
O uivo dos lobos
Me parece doloroso
Comparado ao canto dos cisnes.
NORSE MYTHOLOGY [MITOLOGIA NÓRDICA], R.B. ANDERSON

A separação de Njord e Skadi

Durante algum tempo, Njord e Skadi, que são as personificações do verão e do inverno, alternaram-se assim: a esposa passando os três breves meses de verão junto ao mar, e ele ficando com ela em Thrymheim, a contragosto, nos longos nove meses de inverno. Mas, concluindo enfim que seus gostos jamais se conciliariam, eles resolveram se separar para sempre e voltaram para seus respectivos lares, onde cada um seguiria as ocupações a que o costume os afeiçoara.

> *Thrymheim se chama,*
> *Onde Thiassi morava,*
> *Gigante poderoso;*
> *Mas Skadi ora vive,*
> *Pura noiva dos deuses,*
> *Na velha casa do pai.*
> NORSE MYTHOLOGY [MITOLOGIA NÓRDICA], R.B. ANDERSON

Skadi então retomou seu estimado hábito das caçadas, deixando seus domínios novamente apenas para se casar com o semi-histórico Odin, de quem ela gerou um filho chamado Sæming, o primeiro rei da Noruega e suposto fundador da dinastia dos reis que governou aquele país por muito tempo.

Segundo outras fontes, contudo, Skadi acabou se casando com Uller, o deus do inverno. Como Skadi era boa atiradora, ela é representada com arco e flecha, e, como deusa da caça, geralmente está acompanhada por um dos cães-esquimós que parecem lobos, tão comuns no Norte. Skadi era invocada por caçadores e viajantes de inverno, cujos trenós ela guiava pela neve e pelo gelo, ajudando-os a chegar a seus destinos em segurança.

A ira de Skadi contra os deuses, que haviam matado seu pai, o gigante da tempestade, é um emblema da rigidez inflexível da terra envolta pelo gelo, que, apaziguada enfim pelas cabriolas de Loki (a trovoada seca), sorri e permite o abraço de Njord (o verão). O amor do esposo, no entanto, não pode detê-la por mais de três meses por ano (tipificados no mito pelas três noites), pois ela está sempre secretamente com saudades das tempestades de inverno e de suas atividades habituais nas montanhas.

O culto a Njord

Njord supostamente benzia os barcos que entravam e saíam do porto, e seus templos se situavam perto da orla; ali eram comuns os juramentos em seu nome, e à sua saúde se bebia em todos os banquetes, onde ele era sempre lembrado, assim como seu filho Frey.

Como aparentemente todas as plantas aquáticas pertenciam a ele, a esponja marinha ficou conhecida no norte como "luva de Njord", um nome que permaneceu por muito tempo, até que a planta passasse a ser popularmente conhecida como "mão da Virgem".

capítulo

Frey

IX

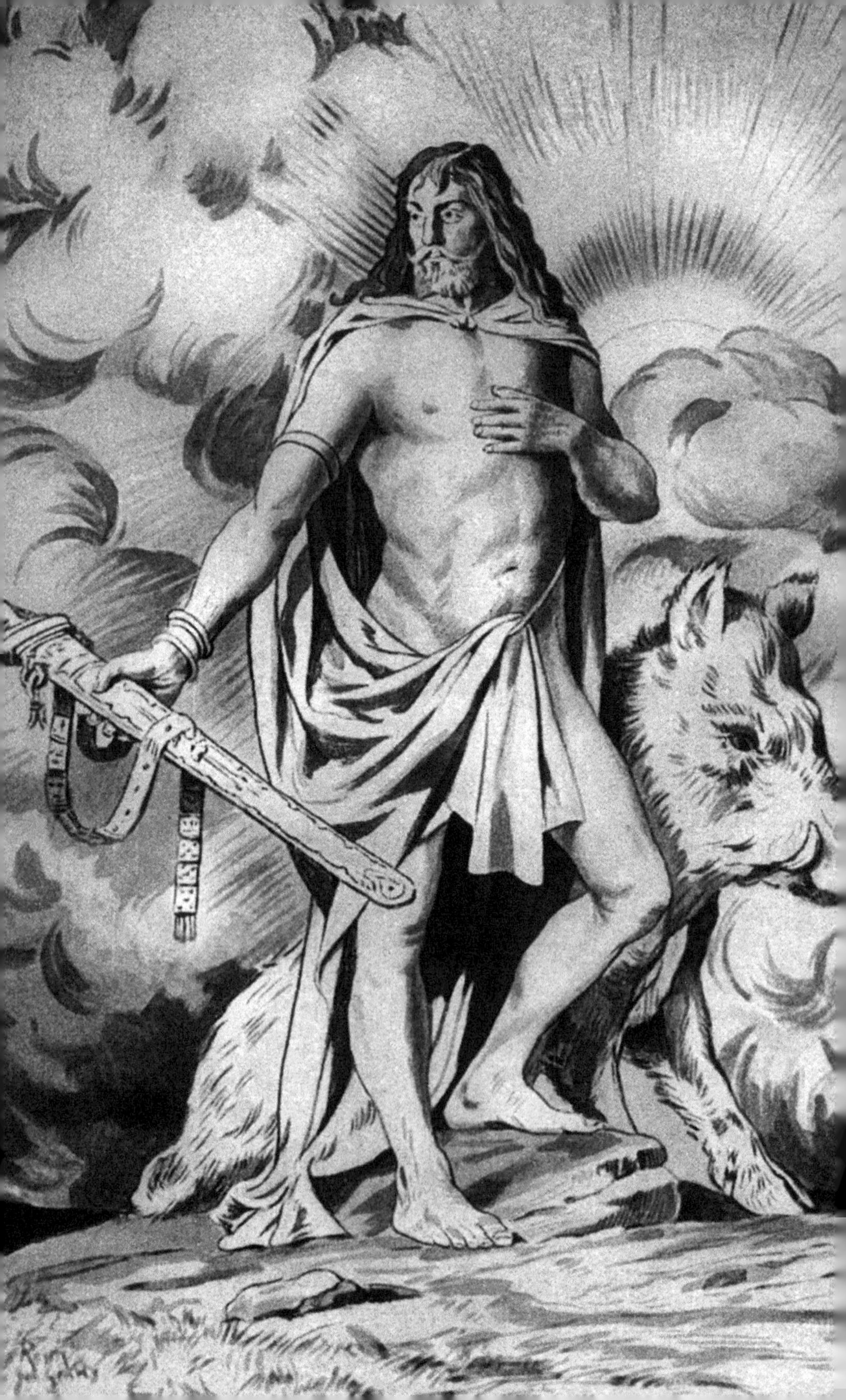

O deus da terra das fadas

Frey — ou Fro, como era chamado na Alemanha — era o filho de Njord e Nerthus, ou de Njord e Skadi, e nasceu em Vanaheim. Ele portanto pertencia à raça dos Vanas, as divindades da água e do ar, mas foi calorosamente recebido em Asgard quando ali chegou como refém ao lado do pai. Como era costume entre os povos do Norte dar um presente de valor à criança quando ela perdia o primeiro dente, os Aesir deram ao pequeno Frey o belo domínio de Alfheim, ou terra das fadas, lar dos elfos da luz.

> *Alfheim os deuses a Frey*
> *Deram nos dias de outrora*
> *Em troca do primeiro dente.*
> SÆMUND'S EDDA [EDDA DE SEMUNDO]
> (TRADUÇÃO INGLESA DE THORPE)

Ali, Frey, o deus dos raios dourados do sol e das chuvas quentes de verão, fez sua morada, encantado com o convívio dos elfos e das fadas, que implicitamente obedeciam a todas as suas ordens; a um sinal seu voavam para lá e para cá, fazendo todo o bem em seu poder, pois eram sobretudo espíritos benfeitores.

Frey também recebeu dos deuses uma espada maravilhosa (um emblema dos raios de sol), que tinha o poder de combater por vontade própria assim que desembainhada, além de sempre sair vitoriosa. Frey se valeu dela principalmente contra os gigantes de gelo, a quem ele odiava quase tanto quanto Thor, e porque costumava portar sua arma reluzente, ele às vezes era confundido com o deus da espada, Tyr, ou Saxnot.

IMAGEM
Frey
JACQUES
REICH

> *Com martelo de cabo curto luta Thor conquistador;*
> *A espada de Frey media o mero tamanho de um braço.*
> VIKING TALES OF THE NORTH [CONTOS VIKINGS DO NORTE],
> R.B. ANDERSON

Os anões de Svartalfaheim deram a Frey o javali Gullinbursti (das cerdas douradas), uma personificação do sol. Os pelos brilhantes do animal simbolizavam tanto os raios do sol quanto o trigo dourado, que ao seu comando ondulavam sobre os campos de Midgard. Também eram símbolo da agricultura, pois o javali, sulcando a terra com suas presas afiadas, teria sido o primeiro a ensinar à humanidade como arar o chão.

> *Lá estava Frey, montado*
> *No javali das cerdas douradas, que primeiro*
> *Arou a terra marrom, e a fez verde por Frey.*
> THE LOVERS OF GUDRUN [OS AMANTES DE GUDRUN],
> WILLIAM MORRIS

Frey às vezes montava esse javali maravilhoso, capaz de atingir alta velocidade, e às vezes o atrelava à sua carruagem dourada, que se dizia conter os frutos e as flores que ele generosamente espalhava pela face da terra. Frey era, além do mais, o orgulhoso proprietário não só do mais audaz corcel, Blodughofi, que corria através do fogo e da água a seu comando, mas também do barco mágico Skidbladnir, uma personificação das nuvens. Essa embarcação, que viajava pelo ar, sobre a terra e sobre o mar, era sempre soprada por ventos favoráveis. Ela era tão elástica que, embora pudesse adquirir grandes proporções para levar os deuses, seus corcéis e todo o equipamento, também era dobrável como um guardanapo e podia ser levada no bolso.

> *Os filhos de Ivaldi*
> *Nos tempos de outrora*
> *Skidbladnir formaram,*

Dos barcos o melhor,
Para o brilhante Frey,
De Njord filho benigno.
LAY OF GRIMNIR [LAI DE GRIMNIR] (TRADUÇÃO INGLESA DE THORPE)

O cortejo de Gerd

Conta-se em um dos lais da *Edda* que Frey certa vez se aventurou a subir ao trono Hlidskialf de Odin, de cuja avantajada altura seu olhar alcançou a terra inteira. Olhando para o Norte gelado, ele viu uma bela e jovem donzela entrar na casa do gigante de gelo Gymir, e, quando ela ergueu a mão para bater a aldrava, sua beleza radiante iluminou o mar e o céu.

No momento seguinte, essa adorável criatura, cujo nome era Gerd, e que é considerada a personificação da cintilante aurora boreal, desapareceu dentro da casa do pai, e Frey voltou pensativo para Alfheim, com o coração apertado de anseio por fazer da bela donzela sua esposa. Profundamente apaixonado, ele ficou melancólico e distraído ao extremo e passou a se comportar de forma tão estranha que seu pai, Njord, ficou muito preocupado com a saúde do filho, e mandou seu criado favorito, Skirnir, descobrir a causa daquela súbita mudança. Depois de muita persuasão, Skirnir finalmente extraiu de Frey um relato de sua subida ao trono Hlidskialf, e da bela visão que dali tivera. Ele confessou seu amor e também seu total desespero, pois como Gerd era filha de Gymir e Angrboda, e parente do assassinado gigante Thiassi, ele temia que ela jamais fosse favorável às intenções dele.

Na corte de Gymir, eu vi se mover
A dama que meu peito de amor faz arder;
Braços brancos como a neve e colo claro
Brilhavam adoráveis, acendendo mar e ar.
Cara aos meus desejos ela é mais
Do que nunca outra dama foi a outro rapaz;
Mas deuses e elfos, dou testigo,
Proíbem que ela more comigo.
SKIRNER'S LAY [LAI DE SKIRNIR] (TRADUÇÃO INGLESA DE HERBERT)

Skirnir, contudo, respondeu em tom de consolo que não via motivo para seu senhor ter uma opinião tão desesperada do caso e se ofereceu para visitar e cortejar a donzela em seu nome, desde que Frey lhe emprestasse seu corcel para a viagem, e lhe desse sua espada reluzente em recompensa.

Exultante com a perspectiva de conquistar a bela Gerd, Frey de bom grado entregou a Skirnir a espada reluzente e lhe deu permissão de usar seu cavalo. Mas rapidamente ele entrou em um estado de devaneio, que se tornara comum desde que se apaixonara. Assim, não reparou que Skirnir ainda estava por perto, nem percebeu que com astúcia este roubou o reflexo de seu rosto da superfície de um riacho próximo e aprisionou sua imagem no corno de bebidas, com a intenção de "despejá-la na taça de Gerd, e com a beleza da imagem conquistar o coração da giganta para seu senhor", em nome de quem ele estava indo cortejá-la. Levando esse retrato, mais 11 maçãs de ouro, e com o mágico anel Draupnir, Skirnir então cavalgou até Jotunheim para fazer sua embaixada. Ao se aproximar da casa de Gymir, ouviu o uivo alto e persistente de seus cães de guarda, que eram personificações dos ventos do inverno. Um pastor, cuidando de seu rebanho na região, disse-lhe, em resposta a sua pergunta, que seria impossível se aproximar da casa devido à barreira de chamas que a cercava; mas Skirnir, sabendo que Blodughofi atravessaria qualquer fogo, meramente esporeou seu corcel e, cavalgando incólume até a porta do gigante, logo foi conduzido à presença da adorável Gerd.

Para induzir a bela donzela a dar ouvidos às propostas de seu senhor, Skirnir mostrou-lhe o retrato roubado e sacou as maçãs de ouro e o anel mágico, os quais, contudo, ela altivamente recusou, declarando que o pai tinha ouro, e até demais.

Aceitar, não aceito, o magnífico anel,
Embora venha dos tesouros de Balder,
Na casa de Gymir, ouro não me falta;
Basta-me, pois, o dote de meu pai.
SKIRNER'S LAY [LAI DE SKIRNIR]
(TRADUÇÃO INGLESA DE HERBERT)

Indignado com o desdém de Gerd, Skirnir ameaçou decapitá-la com a espada mágica. Porém, como isso não assustou em nada a donzela e ela calmamente o desafiou, ele acabou recorrendo às artes mágicas. Riscando runas em seu cajado, ele disse que, se ela não cedesse antes de encerrado o feitiço, seria condenada ao eterno celibato ou a se casar com algum velho gigante gelado que jamais conseguiria amar.

Aterrorizada pela descrição apavorante de seu futuro infeliz caso persistisse em sua recusa, Gerd enfim consentiu em se tornar esposa de Frey e dispensou Skirnir, prometendo encontrar o futuro marido na nona noite na terra de Buri, o bosque verdejante, onde ela espantaria a tristeza dele e o tornaria feliz.

Buri é o alto tálamo;
Nove noites depois, no bosque famoso,
O corajoso filho de Njord
De Gerd tomará o beijo jubiloso.
SKIRNER'S LAY [LAI DE SKIRNIR]
(TRADUÇÃO INGLESA DE HERBERT)

Contente com seu sucesso, Skirnir correu de volta a Alfheim, onde Frey veio avidamente saber o resultado da viagem. Quando soube que Gerd havia consentido em se tornar sua esposa, seu semblante se iluminou de felicidade; mas, quando Skirnir informou que ele teria de esperar nove noites até poder ver a noiva prometida, ele se virou, tristonho, declarando que esse período pareceria interminável.

Longa seria uma noite, duas noites outro tanto;
Mas como suportar minha dor por três?
Um mês de enlevos mais cedo expira
Do que mera meia noite de suspiros.
SKIRNER'S LAY [LAI DE SKIRNIR]
(TRADUÇÃO INGLESA DE HERBERT)

Apesar desse desalento amoroso, o tempo de espera chegou ao fim, e Frey alegremente correu para o bosque verdejante, onde, fiel ao compromisso, ele encontrou a amada. Gerd, então, se tornou uma esposa feliz e se sentou orgulhosa no trono ao lado dele.

> *Frey por esposa teve Gerd;*
> *Ela era filha de Gymir,*
> *De origem Jotun.*
> SÆMUND'S EDDA [EDDA DE SEMUNDO]
> (TRADUÇÃO INGLESA DE THORPE)

Segundo alguns mitógrafos, Gerd não é uma personificação da aurora boreal, mas sim da terra, que, dura, fria e tenaz, resiste às ofertas do deus da primavera, aos adornos e à fertilidade (o anel e as maçãs), desafia os lampejos dos raios de sol (espada de Frey), e só consente em receber seu beijo quando descobre que, do contrário, estará tudo condenado à aridez perpétua ou entregue inteiramente ao poder dos gigantes (gelo e neve). As nove noites de espera são típicas dos nove meses de inverno, ao final dos quais a terra se torna a noiva do sol, nos bosques onde as árvores começam a brotar e gerar folhas e flores.

Frey e Gerd, conta-se, tornaram-se pais de um filho chamado Fjölnir, cujo nascimento consolou Gerd pela perda de seu irmão Beli. Este havia atacado Frey e sido morto por ele, embora o deus-sol, privado de sua espada imbatível, tivesse sido obrigado a se defender com o chifre de um veado que rapidamente arrancou da parede de sua casa.

Além do fiel Skirnir, Frey tinha dois outros ajudantes, um casal, Beyggvir e Beyla, personificações dos despojos de moenda e do esterco, dois ingredientes usados na agricultura como fertilizantes, considerados, portanto, fiéis servos de Frey, apesar de suas qualidades desagradáveis.

Frey histórico

Snorri Sturluson, em sua *Heimskringla*, ou crônica dos antigos reis da Noruega, afirma que Frey foi um personagem histórico que usou o nome Ingvi-Frey e reinou em Uppsala depois da morte dos semi-históricos Odin e Njord. Em seu reinado, o povo desfrutou de tamanha prosperidade e paz que declararam que seu rei devia ser um deus. Eles desde então começaram a invocá-lo como tal, levando sua admiração entusiasmada a tal ponto que, quando ele morreu, os sacerdotes, sem ousar revelar o fato, o depositaram em um grande monte em vez de queimar seu corpo, como era o costume até então. Eles então informaram o povo que Frey — cujo nome era sinônimo nórdico para "senhor" — "tinha ido para o monte", uma expressão que acabaria se tornando um eufemismo nórdico para se referir à morte.

Só três anos depois o povo, que continuara pagando impostos ao rei, depositando ouro, prata e moedas de cobre no monte, através de três aberturas diferentes, descobriu que Frey tinha morrido. Como a paz e a prosperidade haviam continuado inabaladas, eles decretaram que o corpo do rei jamais deveria ser queimado e assim inauguraram o costume do monte funerário, que com o tempo suplantou a pira funerária em muitos lugares. Um dos três montes próximo a Gamla Uppsala ainda tem o nome do deus. Suas estátuas ficavam no grande templo dessa região, e seu nome era devidamente mencionado em todo juramento solene, cuja fórmula usual era: "Em nome de Frey, Njord e o todo-poderoso Asa [Odin]."

O culto a Frey

Jamais se admitia qualquer arma no interior dos templos de Frey, dos quais os mais famosos ficavam em Trondheim, na Noruega, e em Thvera, na Islândia. Nesses templos, bois ou cavalos eram oferecidos em sacrifício a ele e um grosso anel de ouro era mergulhado no sangue da vítima antes que juramentos solenes fossem feitos diante da joia.

As estátuas de Frey, como as de todas as outras divindades nórdicas, eram blocos rústicos de madeira, e a última dessas imagens sagradas parece ter sido destruída por Olavo, o Santo, que, como vimos, converteu à força muitos de seus súditos. Além de ser um deus do brilho do sol, da fertilidade, da paz e da prosperidade, Frey era considerado padroeiro dos cavalos e dos cavaleiros, e o libertador de todos os cativos.

Frey é o melhor
De todos os chefes
Entre os deuses.

> *Não faz chorar*
> *Nem as moças, nem as mães:*
> *Quer é romper grilhões*
> *De quem está preso.*
> NORSE MYTHOLOGY [MITOLOGIA NÓRDICA],
> R.B. ANDERSON

A festa do Yule

Um mês de todo ano, o mês do Yule, ou mês de Thor, era consagrado a Frey, assim como a Thor, e começava na noite mais longa do ano, que levava o nome de Noite Mãe. Esse mês era um tempo de festejar e de celebrar, pois era o prenúncio da volta do sol. O festival se chamava Yule (roda) porque o sol supostamente parecia uma roda rapidamente girando pelo céu. Essa semelhança deu origem a um curioso costume na Inglaterra, na Alemanha e nas margens do rio Mosela. Até recentemente, o povo costumava se reunir todo ano na montanha, incendiar uma imensa roda de madeira, amarrada com palha, que, quando em chamas, era rolada ribanceira abaixo, até mergulhar sibilando na água.

> *Alguns pegavam uma Roda velha, gasta e esquecida,*
> *Que, coberta de palha e estopa, deixavam escondida;*
> *E levavam para o topo da montanha, e o fogo acendiam,*
> *Depois jogavam com violência, quando a noite escurecia;*
> *Lembrando muito o sol, quando dos Céus despenca,*
> *Estranha e monstruosa visão que a todos espaventa;*
> *Mas julgam assim também seus erros mandar ao inferno,*
> *E, contra todos os perigos e riscos, ali estar indenes.*
> REGNUM PAPISTICUM, THOMAS NAOGEORGUS

Todos os povos nórdicos consideravam a festa do Yule a maior do ano e costumavam celebrar com bailes, banquetes e bebidas, e cada deus tinha seu nome homenageado. Os primeiros missionários cristãos, percebendo a extrema popularidade dessa festa, acharam melhor estimular os brindes à saúde do Senhor e seus apóstolos quando começaram a converter os pagãos nórdicos. Em homenagem a Frey, comia-se carne de javali na ocasião. Coroada de louro e alecrim, a cabeça do javali era trazida ao salão de banquete com muita cerimônia — costume observado por muito tempo, como os versos abaixo demonstram:

> Caput Apri defero
> Reddens laudes Domino.
> *A cabeça de javali eu trago,*
> *Ornada de louro e alecrim;*
> *Todos agora cantem alegres,*
> *Qui estis in convivio.*
> QUEEN'S COLLEGE CAROL [CANÇÃO DE NATAL DOS ALUNOS DO QUEEN'S COLLEGE], OXFORD

O pai da família punha a mão no prato sagrado, que era chamado "o javali da expiação", jurando que seria leal à família e cumpriria todas as suas obrigações — exemplo que era seguido por todos os presentes, do maior ao menor. O javali só podia ser trinchado por um homem de reputação ilibada e comprovada coragem, pois a cabeça do animal era um emblema sagrado que supostamente inspirava medo a todos. Por esse motivo, a cabeça de javali costumava ornar os elmos dos reis e heróis nórdicos cuja bravura era inquestionável.

Como Fro, outro nome de Frey, é foneticamente a mesma palavra usada em alemão para "alegria", ele foi considerado padroeiro da alegria em geral e era invariavelmente invocado pelos casais que desejavam viver em harmonia. Aqueles que tinham sucesso no casamento por algum tempo eram publicamente recompensados com um pedaço de carne de javali, que mais tarde os ingleses e os vienenses substituiriam por um pedaço de toucinho ou presunto.

> *Deve-se jurar, pelo costume da confissão,*
> *Jamais cometer no casamento transgressão,*
> *Seja homem ou mulher comprometido:*
> *Tenham ambos brigado ou litígio cometido;*
> *Ou de outra forma, no leito ou à mesa,*
> *Ofendido um ao outro por palavra ou proeza;*

Se, desde que o padre disse Amém,
Deseja não ter se casado com ninguém,
Ou tendo se passado um ano e um dia
Se nem em pensamento se arrependia,
Mas continua sincero em ideia e intenção
Seguem iguais a quando deram as mãos.
Se a tais condições jurarem honrar,
De vontade própria e livre pensar,
Um pernil de porco irão ganhar
E com amor e boa-fé compartilhar:
Pois é costume que em Dunmow prevaleceu —
O prazer é nosso, mas o pernil é seu.
BRAND'S POPULAR ANTIQUITIES [ANTIGUIDADES POPULARES DE BRAND],
JOHN BRAND

Na aldeia de Dunmow, em Essex, o costume antigo ainda é observado. Em Viena, o presunto ou pedaço de toucinho era pendurado nos portões da cidade, de onde o candidato bem-sucedido devia arrancá-lo, depois de provar aos juízes que viveu em paz com a esposa, mas não vivia sob a "tirania das anáguas". Dizem que em Viena esse presunto ficou muito tempo pendurado sem que ninguém o reivindicasse, até que um dia um valoroso morador daquele burgo se apresentou diante dos juízes trazendo uma declaração escrita da esposa de que viviam casados havia 12 anos e jamais discordaram — afirmação que foi confirmada por todos os vizinhos. Os juízes, satisfeitos com as provas apresentadas, disseram ao candidato que o prêmio era dele e que só precisaria subir na escada posta embaixo do presunto e retirá-lo. Exultante por ter conquistado um presunto tão bonito, o homem rapidamente subiu na escada. Mas, quando estava prestes a alcançar o prêmio, notou que o presunto, exposto ao sol do meio-dia, estava começando a derreter e que uma gota de gordura ameaçava pingar em seu traje de domingo. Recuando na mesma hora, ele tirou o casaco, comentando jocosamente que a esposa lhe daria uma bronca se ele o sujasse, confissão que fez gargalhar os presentes e que lhe custou o presunto.

Outro costume do Yule era queimar uma tora durante a noite inteira, e, caso se apagasse antes de a noite terminar, isso era tido como mau agouro. Os restos carbonizados da tora eram cuidadosamente recolhidos e guardados com o propósito de acender o fogo na tora do ano seguinte.

Com as cinzas da antiga
Nova fogueira instigam,
E pelo sucesso na queima,
Em seus saltérios tocam,
Que a boa fortuna possa
Vir com a tora inda ardente.
HESPERIDES [HESPÉRIDES], ROBERT HERRICK

Essa festa era tão popular na Escandinávia, onde era celebrada em janeiro, que o rei Olavo, vendo como o povo nórdico a apreciava, transferiu a maior parte desses preceitos para o dia de Natal, tentando assim reconciliar o povo ignorante com a mudança de religião.

Um deus da paz e da prosperidade, Frey teria reaparecido muitas vezes na terra e reinado sobre os suecos com o nome de Ingvi-Frey, daí seus descendentes se chamarem ínguinos. Ele também governou os dinamarqueses com o nome de Fridleef. Na Dinamarca, dizem que ele se casou com a bela donzela Freygerda, a quem ele salvou de um dragão. Com ela, ele teve um filho chamado Fródi, que, com o tempo, o sucedeu no trono.

Fródi reinou na Dinamarca no tempo em que houve "paz em todo o mundo", isto é, na mesma época em que Cristo nasceu em Belém, da Judeia; e porque seus súditos viviam amistosamente, ele ficou conhecido como Fródi da Paz.

Como o mar ficou salgado

Conta-se que Fródi uma vez recebeu de Hengi-kiaptr [Odin] um par de pedras de moinho mágicas chamadas Grotti, tão pesadas que nenhum de seus servos, e nem o mais forte dos guerreiros, conseguia girá-las. O rei estava muito ansioso para ver o moinho funcionar, pois sabia que era encantado e moeria qualquer coisa que ele quisesse.

Durante uma visita à Suécia, ele viu e comprou como escravas duas gigantas, Menia e Fenia, cujos músculos e corpos poderosos atraíram sua atenção. Na volta para casa, Fródi da Paz levou suas novas servas ao moinho e mandou que girassem as mós e moessem ouro, paz e prosperidade. Elas, então, imediatamente satisfizeram seus desejos. As mulheres trabalharam com alegria, por horas e horas, até que os cofres do rei ficaram transbordando de ouro e a prosperidade e a paz abundaram em toda a sua terra.

Vamos moer riqueza para Frothi!
Vamos moer para ele felicidade
Em grande quantidade
Em nossa alegre Mó.
GROTTA-SAVNGR
(TRADUÇÃO INGLESA DE H.W. LONGFELLOW)

Mas quando Menia e Fenia quiseram descansar um pouco, o rei, cuja ganância havia sido despertada, mandou as gigantas continuarem trabalhando. Apesar dos pedidos das gigantas, ele as obrigou a trabalhar horas e horas seguidas, permitindo-lhes apenas descansar o tempo de cantarem um verso de uma canção.

Exasperadas pela crueldade do rei, as gigantas resolveram enfim se vingar. Certa noite, quando Fródi dormia elas mudaram a canção e, em vez de prosperidade e paz, elas encetaram o plano sinistro de moer um exército armado, por meio do qual induziram Mysinger, o viking, a desembarcar com um grande número de tropas. Enquanto o feitiço agia, os dinamarqueses dormiam, e assim foram completamente surpreendidos pelos invasores vikings, que mataram todos eles.

Um exército há de vir
De lá para cá
E a cidade queimar,
Até o príncipe.
GROTTA-SAVNGR
(TRADUÇÃO INGLESA DE H.W. LONGFELLOW)

Mysinger levou as pedras de moinho mágicas, Grotti, e as duas gigantas escravizadas em seu barco, e pediu que moessem sal, que era um alimento valioso no comércio da época. As mulheres obedeceram, e suas pedras de moinho giraram, moendo sal em abundância. Mas o viking, tão cruel quanto Fródi, tampouco deu descanso às mulheres, motivo pelo qual um pesado castigo recaiu sobre ele e seus seguidores. A quantidade de sal moído pelas mós mágicas foi tanta que no final o barco afundou com todos a bordo.

As pedras pesadas afundaram no mar do Estreito de Pentland, ou na altura do litoral noroeste da Noruega, abrindo um buraco muito fundo, e as águas, sugadas pelo vórtice e borbulhando pelo furo no centro das pedras, produziram um grande turbilhão conhecido como Maelström. Quanto ao sal, logo se dissolveu; mas a quantidade moída pelas gigantas era tão grande que impregnou todas as águas do mar, que desde então são muito salgadas.

Capítulo

Freya

X

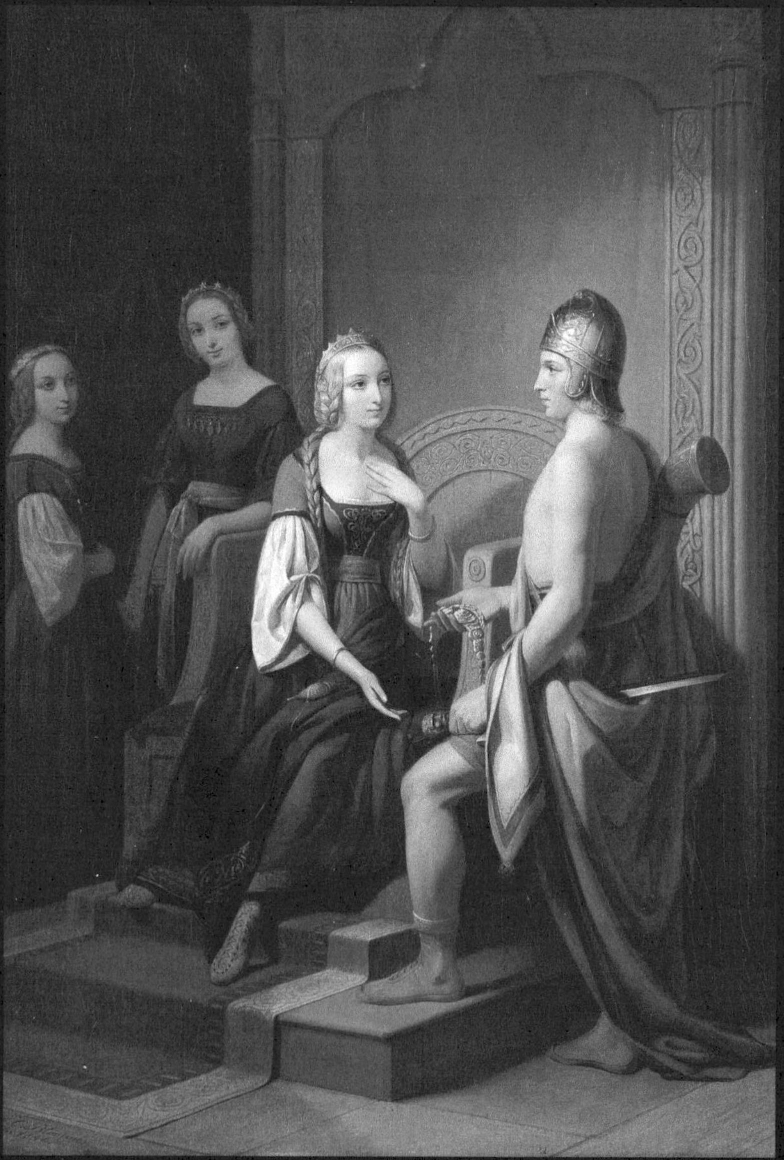

Deusa do amor

Freya, a bela deusa nórdica da beleza e do amor, era irmã de Frey e filha de Njord com Nerthus, ou Skadi. Ela era a mais bela e mais amada de todas as deusas, e enquanto na Alemanha era identificada com Frigga, na Noruega, na Suécia, na Dinamarca e na Islândia era considerada uma divindade distinta. Freya, nascida em Vanaheim, também era conhecida como Vanadis, a deusa dos Vanas, ou como noiva dos Vanas.

Quando ela chegou a Asgard, os deuses ficaram tão encantados com sua beleza e sua graça que concederam a ela o domínio de Folkvang e o grande salão Sessrúmnir (sala de muitos assentos), onde garantiram que ela poderia facilmente acomodar todos os convidados que quisesse.

Folkvang chamado,
Onde Freya tem direito
A escolher os lugares.
Dos mortos a cada dia
Ela escolhe uma metade,
E deixa a outra a Odin.
NORSE MYTHOLOGY [MITOLOGIA NÓRDICA],
R.B. ANDERSON

Rainha das Valquírias

Embora fosse a deusa do amor, Freya não era apenas delicada e dedicada ao prazer, pois os povos nórdicos antigos acreditavam que ela também tinha grande interesse nas artes da guerra e que, como Valfreya, conduzia a descida das Valquírias aos campos de batalha, escolhendo e reivindicando metade dos heróis mortos. Ela era portanto muitas vezes representada com couraça e elmo, escudo e lança,

IMAGEM
Freya e Heimdall
NILS BLOMMÉR

e a parte inferior do corpo apenas coberta com o usual traje esvoaçante feminino.

Freya transportava os mortos escolhidos até Folkvang, onde eles eram devidamente entretidos. Lá ela também recebia todas as donzelas puras e as esposas fiéis, para que pudessem desfrutar da companhia de seus amantes e maridos depois da morte. As alegrias de seu palácio eram tão atraentes para as heroicas mulheres nórdicas que elas costumavam correr para a batalha quando seus amados eram mortos, na esperança de ter o mesmo destino; ou se golpeavam com as próprias espadas, ou se deixavam queimar voluntariamente na mesma pira funerária dos restos mortais de seus amados.

Como se acreditava que Freya dava ouvidos às orações dos amantes, ela era muitas vezes invocada pelos apaixonados, e era costume compor canções de amor em sua homenagem, que eram cantadas em todas as ocasiões festivas, e seu próprio nome em alemão é usado como verbo no sentido de "cortejar".

Freya e Odur

Freya, a deusa de cabelos dourados e olhos azuis, era também às vezes vista como uma personificação da terra. Como tal, ela se casou com Odur, um símbolo do sol do verão, a quem ela amava muito e com quem teve duas filhas, Hnoss e Gersemi. Essas donzelas eram tão bonitas que todas as coisas adoráveis e preciosas recebiam seus nomes.

Odur mostrava-se contente ao lado de Freya, e esta sorria, perfeitamente feliz. Mas, ai!, o deus tinha um coração errante e, cansando-se da companhia da esposa, de repente saiu de casa e sumiu no mundo. Freya, triste e abandonada, chorou muito, e suas lágrimas caíram sobre as rochas duras, que ficaram mais suaves ao contato. Conta-se até que essas lágrimas se infiltraram até o cerne das pedras, onde se transformaram em ouro. Algumas lágrimas caíram no mar e se transformaram no âmbar translúcido.

Cansada da viuvez e com saudades de abraçar seu amado, Freya partiu em busca do marido, passando por muitas terras, onde se tornou conhecida por diferentes nomes, como Mardel, Horn, Gefn, Syr, Skialf e Thrung. Em cada lugar, Freya perguntava a todos se o marido havia passado por ali, espalhando tantas lágrimas que o ouro é encontrado em todas as partes da terra.

> *E a seguir veio Freya, das lágrimas douradas;*
> *A Deusa mais bela no Céu, por todos*
> *Mais honrada depois de Frea, esposa de Odin.*
> *Outrora, o errante Odur ela tomou como*
> *Esposo, que a deixou por terras remotas;*
> *Desde então ela o procura e chora ouro.*
> *Nomes teve muitos; Vanadis na terra*
> *Eles a chamam, Freya é seu nome no Céu.*
> BALDER DEAD [BALDER MORTO], MATTHEW ARNOLD

Muito longe, lá no Sul ensolarado, sob as flores da murta, Freya enfim encontrou Odur e, com seu amor recuperado, voltou a ser feliz, sorridente e radiante como uma noiva. Talvez porque Freya tenha encontrado o marido sob a murta florida, as noivas nórdicas até hoje preferem as flores de murta em vez das flores de laranjeira convencionais de outros climas.

De mãos dadas, Odur e Freya então voltaram tranquilamente para casa, e com a luz de sua felicidade a grama ficou verde, as flores se abriram e os pássaros cantaram, pois toda a Natureza se solidarizou com a alegria de Freya, assim como havia tido compaixão quando ela estava triste.

> *Ao sair da terra da manhã,*
> *Sobre os montes de neve,*
> *A bela Freya chegou*
> *Trôpega a Scoring.*
> *Branca charneca,*
> *Congelada à sua frente;*
> *Verde charneca,*
> *Florescia às suas costas.*
> *Dos cachos dourados,*
> *Soltando flores,*

> *Do seu traje*
> *Soltando vento sul,*
> *Em torno às bétulas,*
> *Acordando os tordos,*
> *Dando às esposas castas*
> *Saudades de seus heróis,*
> *De amar e dar amor,*
> *Freya chegou em Scoring.*
> THE LONGBEARDS' SAGA [A SAGA DOS LONGOBARDOS],
> CHARLES KINGSLEY

Chamavam-se as plantas mais bonitas do Norte de "cabelos de Freya" ou "lágrimas de Freya", e a borboleta era chamada de "ave de Freya". Acreditava-se que essa deusa teria uma afeição especial pelas fadas, cuja dança ela adorava observar nos raios do luar e para as quais reservava as flores mais delicadas e o mel mais doce. Odur, marido de Freya, além de ser considerado uma personificação do sol, era também tido como emblema da paixão ou dos inebriantes prazeres do amor, de modo que os antigos diziam que não era de estranhar que sua esposa não pudesse ser feliz sem ele.

O colar de Freya

Sendo a deusa da beleza, Freya, naturalmente, tinha muito apreço pelo autocuidado, pelos adornos reluzentes e pelas joias preciosas. Um dia, quando ela estava em Svartalfaheim, o reino subterrâneo, ela viu quatro anões fabricando o mais belo colar que já tinha visto. Quase desesperada de vontade de possuir aquele tesouro — que se chamava Brisingamen e era um emblema das estrelas ou da fertilidade da terra —, Freya implorou aos anões que lhe dessem o colar, mas eles se recusaram, a não ser que ela prometesse favorecê-los. Obtendo assim o colar, Freya apressou-se em colocá-lo, e a beleza do adorno realçou tanto seus encantos que ela passou a usá-lo dia e noite, e apenas de vez em quando se deixava convencer a emprestá-lo a outras divindades. Thor, contudo, usou o colar quando se fez passar por Freya em Jotunheim, e Loki cobiçou o colar e o teria roubado, não fosse a vigilância de Heimdall.

Freya era também a orgulhosa proprietária de um traje de falcão, de plumas de falcão que permitiam a quem as vestisse voar como um pássaro. Esse traje era tão valioso que foi duas vezes tomado emprestado por Loki e foi usado pela própria Freya quando partiu em busca de Odur desaparecido.

Freya, um dia
Asas de falcão usou, e no espaço sumiu;
Ela, de norte a sul, buscou
Seu bem-amado Odur.
FRITHIOF'S SAGA [SAGA DE FRITHIOF], ESAIAS TEGNÉR
(TRADUÇÃO INGLESA DE GEORGE STEPHENS)

Como Freya também era a deusa da fertilidade, era às vezes representada com seu irmão Frey na carruagem puxada pelo javali de cerdas douradas, espalhando, com mãos cheias, frutos e flores para alegrar os corações da humanidade. Ela tinha uma carruagem própria, no entanto, na qual geralmente viajava. Esta era puxada por gatos, seus animais favoritos, emblemas do carinho afetuoso e da sensualidade, ou personificações da fecundidade.

Então veio Njord de barba escura, e após
Freya, de trajes leves, nos tornozelos esguios
Os gatos cinzentos brincando.
THE LOVERS OF GUDRUN [OS AMANTES DE GUDRUN], WILLIAM MORRIS

Frey e Freya eram considerados com tanta honra por todo o Norte que seus nomes, em formas modificadas, ainda são usados no sentido de "senhor" e "senhora" e um dos dias da semana é chamado dia de Freya, ou *Friday* [sexta-feira], pelos povos anglófonos. Os templos da deusa eram realmente muito numerosos e foram por muito tempo mantidos por seus devotos; o último deles, em Magdeburgo, na Alemanha, tendo sido destruído por ordem de Carlos Magno.

História de Ottar e Angantyr

Os povos nórdicos costumavam invocar Freya não só para alcançar sucesso no amor, prosperidade e crescimento, mas também, às vezes, para obter auxílio e proteção. Isso ela garantia a todos que a serviam com franqueza, tal como mostra a história de Ottar e Angantyr, dois homens que, depois de disputar por algum tempo o direito a um certo pedaço de terra, apresentaram a questão diante da Ting, uma assembleia popular. Foi então proposto que o homem que provasse ter a mais longa linhagem de ancestrais nobres seria declarado o vencedor, e foi marcado um dia para se investigar a genealogia de cada pretendente.

Ottar, incapaz de se lembrar dos nomes de muitos de seus parentes, ofereceu sacrifícios a Freya, pedindo seu auxílio. A deusa graciosamente ouviu sua prece e, aparecendo diante dele, transformou-o em javali e montou em suas costas, e assim foram à morada de Hyndla, uma famosa bruxa. Mediante ameaças e promessas, Freya induziu a velha a traçar a genealogia de Ottar até chegar em Odin, e a nomear cada indivíduo, com uma sinopse dos feitos de cada um. Então, com receio de que a memória de seu devoto não retivesse tantos detalhes, Freya ainda mandou Hyndla preparar uma poção de memória, que deu para Ottar beber.

Ele beberá
Poções deliciosas.
A todos os deuses peço
Que favoreçam Ottar.
SÆMUND'S EDDA [EDDA DE SEMUNDO]
(TRADUÇÃO INGLESA DE THORPE)

Assim preparado, Ottar se apresentou diante da Ting no dia marcado e recitou sua linhagem com eloquência, nomeando tantos ancestrais a mais que Angantyr que foi facilmente premiado com a propriedade que almejava.

Dever é agir
De modo que o jovem príncipe
De sua herança paterna disponha
Para seus descendentes.
SÆMUND'S EDDA [EDDA DE SEMUNDO]
(TRADUÇÃO INGLESA DE THORPE)

Os maridos de Freya

Freya era tão bonita que todos os deuses, gigantes e anões ansiavam por seu amor, e todos tentaram conquistá-la como esposa. Mas Freya desdenhou os feiosos gigantes e rejeitou até Thrym quando Loki e Thor insistiram que ela o aceitasse. Porém, segundo vários mitógrafos, ela não era tão inflexível em se tratando dos deuses, pois, como personificação da terra, dizem que ela se casou com Odin (o céu), Frey (a chuva fertilizante), Odur (a luz do sol) etc., aparentemente merecendo a acusação lançada contra ela pelo arqui-inimigo Loki de ter amado e se deitado com todos os deuses.

O culto a Freya

Era costume em ocasiões solenes brindar à saúde de Freya, como à dos outros deuses, e quando o cristianismo foi introduzido no Norte, esse brinde foi transferido à Virgem ou a Santa Gertrude. A própria Freya, como todas as divindades pagãs, foi declarada um demônio ou uma bruxa, e banida para os picos montanhosos da Noruega, da Suécia ou da Alemanha, onde a montanha Brocken é considerada sua morada especial e ponto de encontro amoroso de seu povo demoníaco na *Walpurgisnacht*, a Noite de Santa Valburga.

Coro das Bruxas

Até o Brocken acodem as bruxas —
Alegres vêm e vão, galopam e passam,
O restolho amarelo e a seara balançam,
E a jovem espiga verde está viva,
Com formas e sombras cambiantes.
Ao ponto mais alto, elas voam,

Onde Sir Urian senta no topo —
Por toda parte e toda volta,
Com clamores e gritaria,
Segue a trupe enlouquecida,
Sobre o gado, sobre a pedra;
Berra, gargalha e geme,
Antes de explodir.
FAUSTO, GOETHE
(TRADUÇÃO INGLESA DE JOHN ANSTER)

Como a andorinha, o cuco e o gato eram considerados sagrados para Freya. Nos tempos do paganismo, essas criaturas supostamente possuíam atributos demoníacos, e até hoje as bruxas são sempre retratadas com gatos pretos a seu lado.

capítulo

XI

Uller

O deus do inverno

Uller, deus do inverno, era filho de Sif e enteado de Thor. Seu pai, que jamais é mencionado nas sagas nórdicas, deve ter sido um dos temíveis gigantes de gelo, pois Uller amava o frio e adorava viajar pelo campo com seus largos sapatos de neve ou esquis reluzentes. Esse deus também adorava caçar e perseguia suas presas pelas florestas do Norte, pouco se importando com o gelo e a neve, pois estava sempre bem protegido pelas peles grossas que vestia.

Como deus da caça e da arte da arquearia, ele é representado com um estojo cheio de flechas e um imenso arco; e, como o teixo fornece a melhor madeira para a manufatura dessas armas, dizem que era sua árvore favorita. Para ter um estoque de madeira sempre à mão, Uller fez sua morada em Ydalir, o vale dos teixos, onde era sempre muito úmido.

Ydalir se chama,
Onde Uller fez
Sua própria morada.
SÆMUND'S EDDA [EDDA DE SEMUNDO]
(TRADUÇÃO INGLESA DE THORPE)

Como deus do inverno, Uller, ou Oller, como também era chamado, estava abaixo apenas de Odin, cujo posto ele usurpava durante as ausências deste nos meses de inverno. Durante esse período, Uller exercia plenos poderes sobre Asgard e Midgard, e até, segundo alguns autores, possuiu Frigga, esposa de Odin, tal como é relatado no mito de Vili e Vé. Mas como Uller era muito parcimonioso e nunca dava presentes à humanidade, todos alegremente saudavam a volta de Odin, que expulsava seu substituto, obrigando-o a se refugiar no Norte congelado ou nos cumes dos Alpes. Lá, se acreditarmos nos poetas, ele construiu uma residência de verão onde se refugiava até saber que Odin partira outra vez, quando ousava aparecer novamente nos vales.

Uller também era considerado deus da morte e participava da Caçada Selvagem, às vezes até mesmo a liderando. Ele é especialmente famoso pela rapidez de seus movimentos, e, como alguns sapatos de neve usados nas regiões nórdicas são feitos de osso e virados na ponta como a proa de um barco, costumava-se dizer que Uller havia pronunciado runas mágicas sobre um pedaço de osso, transformando-o em um barco, que o levava por sobre a terra e o mar conforme sua vontade.

Uma vez que os sapatos de neve têm o formato de um escudo e o gelo com o qual Uller envolve a terra todos os anos age como escudo para protegê-la durante o inverno, ele foi apelidado de "deus do escudo" e era especialmente invocado por todos que estavam prestes a entrar em um duelo ou em um combate desesperado.

No período do cristianismo, seu lugar no louvor popular foi ocupado por santo Humberto, o caçador, que também foi designado como o padroeiro do primeiro mês do ano, que começava no dia 22 de novembro era dedicado a ele quando o sol passava pela constelação de Sagitário, o arqueiro.

Entre os anglo-saxões, Uller era conhecido como Vulder; mas em algumas partes da Alemanha era chamado de Holler e considerado marido da bela deusa Holda, cujos campos ele cobria com um grosso manto de neve, para torná-los mais férteis quando a primavera chegasse.

Entre os escandinavos, dizia-se que Uller era casado com Skadi, a esposa divorciada de Njord, a personificação feminina do inverno e do frio, e tinham tantas coisas em comum que eles viveram juntos em perfeita harmonia.

O culto a Uller

Havia diversos templos dedicados a Uller no Norte, e em seus altares, assim como nos altares de todos os outros deuses, ficava um anel sagrado sobre o qual eram feitos os juramentos. Dizia-se que esse anel tinha o poder de se encolher tão violentamente a ponto de cortar o dedo de qualquer um que premeditasse cometer perjúrio. O povo visitava o santuário de Uller, especialmente nos meses de novembro e dezembro, para pedir que ele enviasse uma grossa cobertura de neve para suas terras, desejosos de uma boa colheita; e como se acreditava que era esse deus quem lançava os gloriosos lampejos da aurora boreal, os quais iluminam o céu do Norte durante a noite mais longa, dizia-se que ele era muito próximo de Balder, a personificação da luz.

Segundo outros autores, Uller era o melhor amigo de Balder, principalmente porque também passava parte do ano nas desoladas profundezas de Niflheim, com Hel, deusa da morte. Uller devia suportar o exílio anual, durante os meses de verão, quando era obrigado a ceder seu poder sobre a terra a Odin, o deus do verão. Nesta época, Balder ia se reunir a Uller para a Festa do Solstício, quando desaparece de Asgard — a partir daí os dias começam a ficar mais curtos, e o domínio da luz (Balder) aos poucos se rende ao poder cada vez mais envolvente da escuridão (Höder).

capítulo

Forseti

XII

O deus da justiça e da verdade

Filho de Balder, deus da luz, e de Nanna, deusa da pureza imaculada, Forseti era o mais sábio, mais eloquente e o mais gentil de todos os deuses. Quando se apresentou em Asgard, os Aesir lhe concederam um lugar no salão do conselho, decretando que ele seria o padroeiro da justiça e da retidão, e deram-lhe o radiante palácio Glitnir. Essa morada tinha telhado de prata, sustentado por pilares de ouro, e brilhava tanto que podia ser vista de uma grande distância.

> *Glitnir é o décimo;*
> *Em ouro sustentado,*
> *E prata no telhado.*
> *Ali mora Forseti*
> *Eternamente,*
> *E toda discórdia atenua.*
> SÆMUND'S EDDA [EDDA DE SEMUNDO]
> (TRADUÇÃO INGLESA DE THORPE)

Ali, em trono elevado, Forseti, o legislador, sentava-se dia após dia, resolvendo as desavenças entre deuses e homens, pacientemente ouvindo ambos os lados de todos os casos, e finalmente pronunciando sentenças tão justas que ninguém jamais sentiu haver erro em seus decretos. Tamanhos eram a eloquência e o poder de persuasão desse deus, que ele sempre conseguia tocar os corações de seus ouvintes, e nunca falhava em reconciliar até mesmo os inimigos mais ferrenhos. Todos que saíam de sua presença tinham certeza de que viveriam em paz para sempre, pois ninguém ousava quebrar uma promessa feita a ele, não incorrendo assim em sua ira justificada e correndo o risco de uma execução sumária.

Forseti, nobre filho de Balder,
Ouviu meu juramento;
Que eu caia morto, Forseti, se
Um dia quebrar minha jura.
VIKING TALES OF THE NORTH [CONTOS VIKINGS DO NORTE],
R.B. ANDERSON

Como deus da justiça e da lei eterna, Forseti teria presidido todas as assembleias judiciais. Ele era sempre invocado por todos que estavam prestes a se submeter a um julgamento, e dizia-se que raramente deixava de ajudar os merecedores.

A história de Heligolândia

No intuito de facilitar a administração da justiça em suas terras, conta-se que os frísios convocaram 12 de seus homens mais sábios — os Asegeir, ou anciãos — para reunir todas as leis das várias famílias e tribos que compunham seu povo, e compilar a partir delas um código que seria a base uniforme de leis. Os anciãos, depois de darem conta da árdua tarefa de reunir aquela miscelânea de informações, tomaram um pequeno barco para procurar um lugar isolado onde pudessem deliberar em paz. Mas, assim que deixaram a costa, começou uma tempestade, que levou seu barco para alto-mar, primeiro para um lado e depois para outro, até que se perderam completamente. Em sua aflição, os 12 juristas recorreram a Forseti, suplicando socorro para que encontrassem terra firme outra vez, e a oração mal havia acabado quando perceberam, para sua total surpresa, que havia um 13.º passageiro a bordo.

Tomando o leme, o recém-chegado silenciosamente fez o barco dar a volta, conduzindo-o em direção ao ponto no qual as ondas eram mais altas, e em brevíssimo tempo chegaram a uma ilha, onde o timoneiro fez sinal para desembarcarem. Abismados, os 12 homens obedeceram; e sua surpresa aumentou ainda mais quando viram o desconhecido golpear com seu machado e uma fonte límpida brotar do local na relva onde a arma se cravou. Imitando o forasteiro, todos beberam daquela água sem dizer nada; então se sentaram em círculo, maravilhados porque o recém-chegado se parecia com todos eles em algum detalhe, e no entanto era muito diferente de todos eles no aspecto geral e no porte.

De repente, o silêncio foi rompido, e o forasteiro começou a falar em voz baixa, que foi ficando mais firme e mais alta conforme ele expunha um código de leis que combinava os melhores aspectos das várias regulações reunidas pelos Asegeir. Encerrada sua fala, o orador sumiu tão súbita e misteriosamente como havia aparecido, e os 12 juristas, recobrando o poder da fala, exclamaram, todos ao mesmo tempo, que o próprio Forseti havia estado entre eles e entregado o código de leis pelo qual os frísios deveriam doravante ser julgados. Em comemoração à aparição do deus, eles declararam que a ilha onde estavam era sagrada e pronunciaram uma maldição solene contra todo aquele que ousasse profanar sua santidade com disputas ou derramamento de sangue. De fato, essa ilha, conhecida como terra de Forseti ou Heligolândia (terra santa), seria muito respeitada por todos os povos nórdicos, e até os vikings mais ousados evitavam saquear seus litorais, para não sofrerem naufrágios ou uma morte vergonhosa como punição.

As assembleias judiciais solenes eram frequentes nessa ilha sagrada, e os juristas sempre buscavam água na fonte e bebiam em silêncio, em memória da visita de Forseti. A água dessa fonte era, além disso, considerada tão sagrada que aquele que a bebesse também se consagraria, e até o gado que a provasse não podia ser abatido. Como se dizia que Forseti fazia suas sessões na primavera, no verão e no outono, mas nunca no inverno, era costume em todos os países nórdicos fazer os julgamentos nessas estações, e o povo dizia que só quando a luz brilhava clara no céu ficava evidente para todos o que era certo, sendo absolutamente impossível emitir um veredito justo durante a escura temporada de inverno. Forseti raramente é mencionado sem que esteja associado a Balder. E, ao que parece, ele não participa da batalha final, em que todos os outros deuses tiveram papéis muito proeminentes.

capítulo

Heimdall

XII

Jarl
ALBERT
EDELFELT

Sentinela dos deuses

Durante um passeio pela praia, Odin certa vez encontrou nove belas gigantas, as donzelas das ondas, Gialp, Greip, Egia, Augeia, Ulfrun, Aurgiafa, Sindur, Atla e Jarnsaxa, dormindo profundamente na areia branca. O deus do céu ficou tão encantado com aquelas belas criaturas que, como relatam as *Eddas*, se casou com as nove, e todos juntos, ao mesmo tempo, tiveram um filho, que recebeu o nome de Heimdall.

De nove mães nascido,
Sou filho de nove irmãs.
SÆMUND'S EDDA [EDDA DE SEMUNDO]
(TRADUÇÃO INGLESA DE THORPE)

As nove mães começaram a amamentar seu bebê com a força da terra, a umidade do mar e o calor do sol, dieta singular que se provou tão nutritiva que o novo deus cresceu plenamente em período incrivelmente curto e logo se juntou ao pai em Asgard. Ele encontrou os deuses contemplando com orgulho a ponte do arco-íris, Bifrost, que eles haviam acabado de construir a partir do fogo, do ar e da água — três materiais que ainda podiam ser vistos claramente no longo arco, onde luziam as três cores primárias: o vermelho, representando o fogo; o azul, o ar; e o verde, as profundezas frias do mar.

O guardião do arco-íris

Essa ponte conectava céu e terra, e terminava na sombra da poderosa Árvore do Mundo, Yggdrasil, logo ao lado do poço onde Mimir era sentinela, e o único inconveniente a impedir o desfrute completo do glorioso espetáculo era o medo de que os gigantes de gelo cruzassem a ponte e assim entrassem em Asgard. Os deuses vinham debatendo a necessidade de indicar um guardião confiável e saudaram o novo recruta como alguém apto a cumprir os difíceis deveres do cargo.

Heimdall assumiu de bom grado a responsabilidade e desde então, noite e dia, mantém uma atenta vigilância da estrada do arco-íris que levava a Asgard.

> *Bifrost ao leste brilhava verde-claríssima;*
> *Em cima, branco níveo reluzia,*
> *Heimdall em seu posto era visto.*
> "THOR'S FISHING" [A PESCARIA DE THOR], ADAM OEHLENSCHLÄGER (TRADUÇÃO INGLESA DE PIGOTT)

Para permitir ao sentinela detectar a aproximação de um inimigo desde muito longe, os deuses reunidos concederam a ele sentidos tão aguçados que se dizia que Heimdall podia ouvir o mato crescer na colina e a lã, na ovelha, enxergar a 150 quilômetros de distância tanto de noite quanto de dia — e mesmo assim descansava menos que um passarinho.

> *Entre gigantes trêmulos mais famoso*
> *Que ele, impávido, lá em cima,*
> *Guardião do céu, de olhos insones.*
> LAY OF SKIRNER [LAI DE SKIRNIR] (TRADUÇÃO INGLESA DE HERBERT)

Heimdall possuía ainda uma espada reluzente e uma maravilhosa trompa de chifre chamada Gjallarhorn, que os deuses mandaram que soprasse sempre que visse inimigos se aproximando, dizendo que o som acordaria todas as criaturas no céu, na terra e em Niflheim. Esse pavoroso estrondo anunciaria o dia em que a batalha final seria travada.

> *À batalha os deuses são chamados*
> *Pela antiga*
> *Gjallarhorn.*
> *Alto sopra Heimdall,*
> *Seu som está no ar.*
> SÆMUND'S EDDA [EDDA DE SEMUNDO] (TRADUÇÃO INGLESA DE THORPE)

Para guardar o instrumento, que era um símbolo da lua crescente, sempre à mão, Heimdall ora pendurava a trompa em um galho de Yggdrasil sobre sua cabeça, ora a mergulhava nas águas do Poço de Mimir. Neste último, a trompa ficava ao lado do olho de Odin, que era um emblema da lua cheia.

O palácio de Heimdall, chamado Himinbjörg, ficava no ponto mais alto da ponte do arco-íris, e ali os deuses costumavam visitá-lo para beber um trago do delicioso hidromel que ele lhes servia.

Chama-se Himinbjörg,
Onde se diz que Heimdall
Reina e reside.
Lá bebe o sentinela dos deuses,
Em antigos salões pacíficos,
Alegremente bom hidromel.
NORSE MYTHOLOGY [MITOLOGIA NÓRDICA], R.B. ANDERSON

Heimdall era sempre representado em reluzente armadura branca e, portanto, chamado de deus brilhante. Ele era também conhecido como o deus claro, inocente e gracioso, todos epítetos merecidos, pois ele era tão bom quanto belo, e todos os deuses o amavam. Ligado ao mar pelo lado materno, era às vezes incluído entre os Vanas; e como os nórdicos antigos — especialmente os islandeses, para quem o mar circundante parecia o elemento mais importante — imaginavam que todas as coisas tinham surgido do mar, atribuíam a ele um conhecimento que abarcava a tudo e imaginavam-no particularmente sábio.

O mais brilhante Aesir —
Ele previra
Como um Vanir.
SÆMUND'S EDDA [EDDA DE SEMUNDO] (TRADUÇÃO INGLESA DE THORPE)

Heimdall tinha ainda a distinção dos dentes de ouro, que cintilavam quando ele sorria, e lhe valeram o epíteto de Gullintani ("auridente", com dentes de ouro). Ele era também orgulhoso proprietário de um corcel veloz, de crina dourada, chamado Gulltop, que o levava de um lado a outro da ponte do arco-íris. Ele cruzava a ponte muitas vezes ao dia, mas particularmente de manhã cedo, como arauto do dia, ele levava o nome de Heimdellinger.

> *Bem cedo em Bifrost*
> *Corre o filho de Ulfrun,*
> *Da trompa poderosa,*
> *Senhor de Himinbjörg.*
>
> SÆMUND'S EDDA [EDDA DE SEMUNDO] (TRADUÇÃO INGLESA DE THORPE)

Loki e Freya

A extrema acuidade auditiva fez com que Heimdall fosse perturbado certa noite pelo som de passos leves, felinos, na direção do palácio de Freya, Folkvang. Projetando sua visão de águia na escuridão, Heimdall percebeu que o som era produzido por Loki, que furtivamente entrara no palácio na forma de uma mosca, aproximara-se do leito de Freya e tentava lhe roubar o reluzente colar dourado Brisingamen, o emblema da fertilidade da terra.

Heimdall viu que a deusa estava dormindo em tal posição que ninguém conseguiria soltar o colar sem despertá-la. Loki parou, hesitante, ao lado do leito por alguns momentos e então rapidamente começou a murmurar runas que permitiam aos deuses assumir a forma que desejassem. Ao fazê-lo, Heimdall o viu encolher até adquirir o tamanho e a forma de uma pulga, ao que ele saltou sob o lençol e mordeu Freya, fazendo com que ela mudasse de posição sem despertar.

O fecho do colar então ficou à mostra, e Loki, cuidadosamente abrindo-o, apoderou-se do cobiçado tesouro e conseguiu roubá-lo e fugir. Heimdall imediatamente partiu atrás do ladrão da meia-noite e logo o alcançou. Ele sacou sua espada da bainha, com intenção de decapitá-lo, quando o deus se transformou em uma bruxuleante labareda azul. Veloz como o pensamento, Heimdall se transformou em nuvem e lançou um dilúvio de chuva para apagar o fogo; mas Loki prontamente alterou sua forma para a de um imenso urso-polar e abriu bem a boca para engolir a água. Heimdall, sem se abalar, então também assumiu a forma de urso, e atacou-o ferozmente. Mas, como o combate ameaçava terminar em um desastre para Loki, este se transformou em foca; Heimdall então o imitou, e travou-se uma última luta, cujo desfecho foi Loki sendo obrigado a devolver o colar, que foi devidamente restituído a Freya.

Nesse mito, Loki é um emblema da estiagem, ou dos efeitos nocivos do calor muito ardente do sol, que vem roubar a terra (Freya) de seu mais precioso ornamento (Brisingamen). Heimdall é uma personificação da chuva leve e do orvalho, que depois de combater por algum tempo o adversário, a estiagem, acaba por conquistá-lo, obrigando-o a abrir mão do fruto de seu roubo.

Nomes de Heimdall

Heimdall tem vários outros nomes, entre os quais encontramos Hallinskide e Irmin, pois ele às vezes toma o lugar de Odin e é identificado com esse deus, assim como outros deuses espadachins, como Er, Heru, Cheru e Tyr, todos notáveis por suas armas reluzentes. Ele, no entanto, é mais conhecido como guardião do arco-íris, assim como deus do céu e das chuvas e orvalhos fertilizadores que refrescam a terra.

Heimdall também compartilhava com Bragi a honra de dar as boas-vindas aos heróis em Valhala e, sob o nome de Riger, era considerado senhor divino dos diversos tipos que compõem a raça humana, tal como aparece na seguinte história:

A história de Riger

Crianças santas,
Grandes e pequenas,
Filhos de Heimdall!
SÆMUND'S EDDA [EDDA DE SEMUNDO] (TRADUÇÃO INGLESA DE THORPE)

Heimdall deixou seu posto em Asgard um dia para perambular pela terra, como os deuses costumavam fazer. Ele não havia ido muito longe quando chegou a uma pobre choupana na praia, onde encontrou Ai (bisavô) e Edda (bisavó), um casal pobre mas digno, que cordialmente o convidou para dividir seu simples mingau. Heimdall, que se apresentou como Riger, aceitou o convite e ficou com o casal por três dias, ensinando-lhes muitas coisas. Ao final desse tempo, partiu e retomou sua viagem. Algum tempo depois dessa visita, Edda deu à luz um menino forte de pele escura, a quem ela chamou de Thrall.

Thrall logo mostrou força física incomum e grande aptidão para todo tipo de trabalho pesado e, quando ele cresceu, se casou com Thyr, uma moça corpulenta, de mãos bronzeadas e pés chatos, que, assim como o marido, trabalhava dia e noite. Muitas crianças nasceram desse casal e deles todos os servos ou thralls do Norte foram descendentes.

Tiveram filhos,
Viveram e foram felizes;
Fizeram cercados,
Araram a terra,
Cuidaram dos porcos,
Criaram suas cabras,
Cavaram a turfa.
"RÍGSMÁL" (TRADUÇÃO INGLESA DE PAUL DU CHAILLU)

Depois de deixar a pobre choupana no litoral ermo, Riger avançou para o interior, onde logo chegou a campos cultivados e a uma casa de fazenda modesta. Entrando na confortável sede, ele encontrou Afi (avô) e Amma (avó), que gentilmente o convidaram para se sentar com eles e dividir a refeição simples, mas farta, que estava servida.

Riger aceitou o convite e ficou três dias com seus anfitriões, compartilhando com eles nesse período todo tipo de conhecimentos úteis. Depois que ele foi embora, Amma deu à luz um menino forte de olhos azuis, a quem chamou de Karl. Conforme crescia, o menino demonstrou grande habilidade em tarefas agrícolas e, com o tempo, casou-se com uma esposa rechonchuda e frugal chamada Snor, que gerou dele muitos filhos, dos quais descendem os agricultores.

Ele cresceu
E prosperou;
Domou bois,
Fez arados;

Revestiu casas,
Construiu celeiros,
Fez carroças,
E puxou o arado.
"RÍGSMÁL" (TRADUÇÃO INGLESA DE PAUL DU CHAILLU)

Deixando a casa do segundo casal, Riger continuou sua viagem até que chegou em uma colina, no alto da qual havia um imponente castelo. Ali ele foi recebido por Fadir (pai) e Módir (mãe), que, alimentados e vestidos com suntuosidade, receberam-no cordialmente e serviram carnes deliciosas e vinho finíssimos.

Riger permaneceu três dias com esse casal, voltando depois a Himinbjörg para retomar seu posto de guardião da ponte dos deuses; e pouco depois a senhora do castelo deu à luz um filhinho lindo, esguio, a quem ela chamou de Jarl. Esse menino logo demonstrou grande apreço pela caça e todo tipo de exercícios marciais, aprendeu a interpretar runas e viveu para realizar grandes proezas, que tornaram seu nome notável e agregaram glória à sua estirpe. Chegando à maturidade, Jarl se casou com Erna, uma donzela aristocrata, de cintura fina, que se tornou uma prudente senhora de sua casa e lhe deu muitos filhos, todos destinados a reinar; o mais novo deles, Konur, se tornaria o primeiro rei da Dinamarca. Esse mito ilustra bem a evidente noção de classe entre os povos nórdicos.

Cresceram
Os filhos de Jarl;
Domaram cavalos,
Curvaram escudos,
Afiaram lâminas,
Bateram lanças de freixo,
Mas Kon, o caçula,
Conheceu as runas,
Runas eternas,
Runas da vida.
"RÍGSMÁL" (TRADUÇÃO INGLESA DE PAUL DU CHAILLU)

capítulo

Hermod

XIV

O deus veloz

Outro filho de Odin foi Hermod, seu ajudante especial. Era um jovem deus brilhante e belo, dotado de grande agilidade, designado, portanto, como o deus ligeiro ou o deus ágil.

Mas houve um, o primeiro de todos os deuses
Em velocidade, e Hermod era seu nome no Céu;
O mais ligeiro era ele.
BALDER DEAD [BALDER MORTO], MATTHEW ARNOLD

Por causa desse importante atributo, Hermod geralmente servia aos deuses como mensageiro, e a um mero sinal de Odin ele estava sempre pronto a sair correndo para alguma parte da criação. Como marca especial de predileção, o Pai de Todos lhe deu uma armadura e um elmo magníficos, que ele costumava usar quando se preparava para participar de alguma guerra. Às vezes, Odin lhe confiava o cuidado da preciosa lança Gungnir, mandando-o lançá-la por cima das cabeças dos combatentes prestes a entrar em batalha, para que o ardor deles pudesse se acender e se tornar fúria assassina.

Que a prece de Odin
Entre em nossas mentes;
Ele doa e garante
Ouro a quem merece.
A Hermod ele deu
Elmo e armadura.
SÆMUND'S EDDA [EDDA DE SEMUNDO]
(TRADUÇÃO INGLESA DE THORPE)

Hermod adorava batalhas e muitas vezes era chamado de "valente em combate" e confundido com o deus do universo, Irmin. Dizem que ele algumas vezes ia com as Valquírias em sua cavalgada até a terra, e com frequência recebia os guerreiros em Valhala, motivo pelo qual era considerado o líder dos heróis mortos.

> *A ele se dirigiram Hermoder e Brage:*
> *"Viemos te receber e saudar em nome de todos,*
> *Dos deuses és conhecido por teu valor,*
> *E, ao salão dos deuses, estás convidado."*
> "THE DEATH OF KING HECON" [A MORTE DO REI HACON],
> OWEN MEREDITH (PSEUDÔNIMO DE EDWARD ROBERT BULWER-LYTTON)

O atributo característico de Hermod, além da armadura e do elmo, era uma varinha ou cajado chamado Gambantein, emblema de seu ofício, que ele levava aonde quer que fosse.

Hermod e o vidente

Certo dia, oprimido por temores sombrios quanto ao futuro e incapaz de obter das Nornas respostas satisfatórias a suas perguntas, Odin mandou Hermod vestir a armadura e selar Sleipnir — que só ele, além de Odin, tinha permissão de montar, e correr para a terra dos finlandeses. Esse povo, que vivia nas regiões congeladas do polo, além de ser capaz de invocar tempestades geladas que vinham varrendo desde o Norte, trazendo muito gelo e neve no caminho, supostamente tinham grandes poderes ocultos.

O mais famoso desses mágicos finlandeses era Rossthiof (ladrão de cavalo), que costumava atrair os viajantes para seus domínios por meio de artes mágicas, para que pudesse roubá-los e matá-los. Ele tinha o poder de prever o futuro, embora fosse sempre muito relutante em fazê-lo.

Hermod, o Veloz, cavalgou rapidamente na direção norte, com ordens de procurar esse finlandês, levando, em vez de seu próprio cajado, o cajado rúnico de Odin, que o Pai de Todos lhe dera com o propósito de desfazer quaisquer obstáculos que Rossthiof pudesse conjurar para deter seu avanço. Apesar dos monstros fantasmagóricos, das armadilhas e dos fossos invisíveis, Hermod conseguiu chegar em segurança à morada do mágico e, quando esse gigante o atacou, o deus conseguiu dominá-lo com facilidade e o amarrou pelas mãos e pelos pés, declarando que não o soltaria enquanto não lhe revelasse tudo o que ele queria saber.

Rossthiof, vendo que não havia esperança de escapar, jurou fazer o que seu captor desejava e, ao ser libertado, começou então a murmurar encantamentos, ao som dos quais o sol se escondeu atrás das nuvens, a terra tremeu e balançou, e os ventos de tempestade uivaram como uma alcateia faminta.

Apontando para o horizonte, o mágico mandou Hermod olhar, e o deus veloz viu ao longe um grande rio de sangue avermelhando o chão. Enquanto ele contemplava espantado esse rio de sangue, uma bela mulher subitamente apareceu, e no momento seguinte um garotinho parou ao lado dela. Para espanto do deus, a criança crescia com maravilhosa rapidez e logo alcançou a forma adulta, e Hermod reparou também que o menino brandia ferozmente um arco e flechas.

Rossthiof então começou a explicar os presságios que sua arte havia conjurado e declarou que o rio de sangue pressagiava o assassinato de um dos filhos de Odin, mas que, se o pai dos deuses cortejasse e conquistasse Rinda, na terra dos rutenos (atual Rússia), ela geraria um filho que ficaria adulto em poucas horas e vingaria a morte do irmão.

Rinda um filho gerará,
Nos salões ocidentais:
Ele matará o filho de Odin,
Decorrida uma noite de vida.
SÆMUND'S EDDA [EDDA DE SEMUNDO] (TRADUÇÃO INGLESA DE THORPE)

Hermod escutou com atenção as palavras de Rossthiof e, ao voltar a Asgard, relatou tudo o que vira e ouvira a Odin, cujos temores foram confirmados e que assim definitivamente teve certeza de que estava condenado a perder um filho de forma violenta. Ele se consolou, contudo, com a ideia de que outro de seus descendentes vingaria o crime e assim obteria a satisfação que os verdadeiros nórdicos sempre exigiam.

Capítulo

Vidar

XV

O deus silencioso

Conta-se que Odin se apaixonou um dia pela bela giganta Grid, que morava em uma caverna no deserto, e, cortejando-a, ele a convenceu a se tornar sua esposa. O rebento dessa união entre Odin (mente) e Grid (matéria) foi Vidar, um filho tão forte quanto taciturno, a quem os antigos consideravam uma personificação da floresta primordial ou das forças imperecíveis da Natureza.

Assim como os deuses, através de Heimdall, eram intimamente associados ao mar, eles também tinham uma forte ligação com as florestas e a Natureza em geral através de Vidar, apelidado de "o silencioso". Vidar estava destinado a sobreviver à destruição dos deuses e a reinar sobre uma terra regenerada. Esse deus vivia em Landvidi (terra vasta), um palácio decorado de ramos verdes e flores frescas, situado no meio de uma impenetrável floresta primordial, onde reinava o profundo silêncio e a solidão que ele amava.

Coberto de arbustos,
No mato crescido,
Na terra vasta de Vidar.
NORSE MYTHOLOGY [MITOLOGIA NÓRDICA], R.B. ANDERSON

Essa antiga concepção escandinava do silencioso Vidar é de fato muito grandiosa e poética, e era inspirada pelas rudes paisagens nórdicas. "Quem já perambulou por essas florestas, ao longo de muitas milhas, em uma vastidão sem limites, sem trilhas, sem destino, entre suas sombras monstruosas, sua escuridão sagrada, sem ser invadido pela profunda reverência pela sublime grandeza da Natureza para além de toda atividade humana, sem sentir a grandiosidade da ideia que forma a base da essência de Vidar?"

O sapato de Vidar

Vidar é representado como alto, bem-apanhado e bonito, vestindo armadura, portando uma espada de lâmina larga e calçando grandes sapatos de ferro ou de couro. Segundo alguns mitógrafos, ele devia esse calçado peculiar a sua mãe, Grid, que, sabendo que ele seria levado a lutar contra o fogo no último dia, fabricou o sapato para protegê-lo contra o feroz elemento, assim como a luva de ferro havia protegido Thor em seu encontro com Geirröth. Mas outros autores afirmam que esse sapato era feito de pedaços de couro que os sapateiros nórdicos doavam ou jogavam fora. Como era essencial que o sapato fosse grande e forte o bastante para resistir aos dentes afiados do lobo Fenrir no último dia, era uma questão religiosa entre os sapateiros nórdicos doar o máximo de restos e pedaços de couro possível.

A profecia das Nornas

Quando Vidar se reuniu a seus pares em Valhala, eles o receberam alegremente, pois sabiam que sua força lhes serviria quando precisassem. Depois que todos amorosamente o regalaram com hidromel dourado, o Pai de Todos mandou-o à fonte Urdar, onde as Nornas estavam sempre ocupadas a tecer sua trama. Questionadas por Odin sobre seu futuro e o destino de Vidar, as três irmãs responderam como um oráculo, cada uma proferindo uma sentença:

"Cedo começou." "Deu mais uma volta." "Um dia se esgota."

A isso a mãe delas, Wyrd, a primitiva deusa do destino, acrescentou: "Com a alegria reconquistada." Essas respostas misteriosas permaneceriam totalmente incompreensíveis se a deusa não prosseguisse com a explicação de que o tempo não para, que tudo muda, mas, mesmo que o pai caísse na última batalha, seu filho Vidar seria seu vingador e viveria para reinar sobre um mundo regenerado, depois de derrotar todos os seus inimigos.

Lá está o filho de Odin
Montado no cavalo;
Ele vingará seu pai.
NORSE MYTHOLOGY [MITOLOGIA NÓRDICA], R.B. ANDERSON

Depois que Wyrd falou, as folhas da Árvore do Mundo esvoaçaram como se agitadas por uma brisa, a águia em seu ramo mais alto bateu asas, e o dragão Nidhug por um momento suspendeu sua obra de destruição nas raízes. Grid, unindo o pai e o filho, rejubilou-se com Odin quando ouviu que seu filho estava destinado a sobreviver aos deuses mais velhos e a reinar sobre o novo céu e a nova terra.

Lá moram Vidar e Vale
Nos postos sagrados dos deuses,
Onde o fogo de Surt se atenua.
NORSE MYTHOLOGY [MITOLOGIA NÓRDICA], R.B. ANDERSON

Vidar, no entanto, não pronunciou nenhuma palavra, mas lentamente tomou o caminho de volta a seu palácio Landvidi, no coração da floresta primordial, e ali, sentado em seu trono, ponderou por muito tempo sobre a eternidade, o futuro e o infinito. Se sabia seus segredos, jamais os revelou, pois os anciãos garantiam que ele ficou "mudo como uma sepultura" — um silêncio que indicava que nenhum homem sabe o que lhe espera na vida por vir.

Vidar era não só uma personificação da indestrutibilidade da Natureza, mas também um símbolo da ressurreição e da renovação, exibindo a verdade eterna de que novos brotos e flores viriam para substituir aqueles que se decompuseram.

O sapato que ele usava serviria para se defender contra o lobo Fenrir, que, depois de destruir Odin, direcionaria sua fúria contra ele e abriria sua mandíbula terrível para devorá-lo. Mas os antigos nórdicos declaravam que Vidar pisou com o pé protegido na mandíbula do monstro, e, empurrando a arcada superior, lutou com ele até rasgá-lo em dois.

Como apenas um sapato é mencionado nos mitos de Vidar, alguns mitógrafos supõem que ele só tivesse uma perna e fosse a representação da tromba-d'água, que surgiria de repente no último dia para apagar o fogo desenfreado personificado pelo terrível lobo Fenrir.

capítulo

Vali

XVI

O cortejo de Rinda

Billing, rei dos rutenos, ficou consternado ao saber que uma grande força armada estava prestes a invadir seu reino, pois ele estava velho demais para combater como outrora. Além disso, sua única descendência, uma filha chamada Rinda, embora estivesse em idade de casar, se recusava obstinadamente a escolher um marido entre seus muitos pretendentes, o que daria ao pai a ajuda de que ele tanto precisava.

Enquanto Billing meditava desconsolado em seu trono, um forasteiro subitamente entrou no palácio. Erguendo os olhos, o rei contemplou um homem de meia-idade envolto em uma capa comprida, com um chapéu de aba larga puxado sobre a testa para esconder o fato de que só tinha um olho. O forasteiro indagou com cortesia o motivo de sua evidente melancolia, e como tinha algo que encorajava confidências, o rei lhe contou tudo, e ao final do relato o forasteiro se ofereceu para comandar o exército dos rutenos contra seus adversários.

Seus serviços foram bem recebidos, e não demorou muito para Odin — pois era ele — conquistar a vitória. Quando retornou em triunfo, o deus pediu permissão para cortejar a filha do rei, Rinda, e se casar com ela. Apesar da idade avançada do pretendente, Billing esperava que a filha visse com bons olhos aquele homem que parecia muito distinto, então deu seu consentimento sem hesitar. De modo que Odin, ainda sem se revelar, se apresentou diante da princesa, mas ela rejeitou sua proposta com desdém e rispidamente bateu nas orelhas dele quando tentou beijá-la.

Obrigado a recuar, Odin não obstante insistiu em seu propósito de fazer de Rinda sua esposa, pois ele sabia, graças à profecia de Rossthiof, que ninguém além dela poderia gerar o futuro vingador de seu filho assassinado. Seu passo seguinte, portanto, foi adotar a forma de um ferreiro, disfarce com que voltou ao salão de Billing e, fabricando caros ornamentos de prata e ouro, astuciosamente multiplicou tanto as preciosas joias que o rei, contente, lhe permitiu que se dirigisse à princesa. O ferreiro Rosterus, como ele anunciou a si mesmo, foi, no entanto, mandado embora sem cerimônia por Rinda, assim como havia sido o bem-sucedido comandante do exército. Mas, embora suas orelhas mais uma vez ardessem com a força do golpe, Odin estava mais determinado do que nunca a fazer de Rinda sua esposa.

Na oportunidade seguinte, o deus se apresentou diante da donzela caprichosa disfarçado de um valente guerreiro, pois, ele pensou, um jovem soldado talvez tocasse o coração da moça. Mas quando ele tentou beijá-la, ela o empurrou tão violentamente que ele tropeçou e caiu de joelhos.

> *Muitas belas donzelas*
> *Quando se bem as conhece,*
> *Ao homem, volúvel se revela.*
> *Isso passei*
> *Quando uma dama discreta tentei*
> *Conquistar com afinco;*
> *Toda sorte de insolência*
> *Da danada da menina*
> *Sobre mim aturei;*
> *Dessa donzela nada ganhei.*
> SÆMUND'S EDDA [EDDA DE SEMUNDO]
> (TRADUÇÃO INGLESA DE THORPE)

O terceiro insulto enfureceu tanto Odin que ele pegou seu mágico cajado rúnico, apontou para Rinda e proferiu um encanto tão terrível que ela caiu nos braços de suas criadas rígida e aparentemente sem vida.

Quando a princesa voltou à consciência, seu pretendente havia desaparecido, mas o rei descobriu com grande tristeza que ela havia perdido a razão e estava melancolicamente enlouquecida. Em vão, todos os médicos foram convocados e tentaram todo tipo de remédios de ervas. A donzela continuou passiva e triste, e o pai, desanimado, havia quase abandonado a esperança quando uma velha, que se anunciou como Vecha, ou Vak, apareceu se oferecendo para curar a princesa. A suposta velha, que era Odin disfarçado, primeiramente prescreveu um escalda-pés à paciente; mas como isso não pareceu ter nenhum efeito evidente, ela propôs um tratamento mais drástico. Para isso, Vecha declarou, a paciente deveria ser confiada exclusivamente a seus cuidados, e amarrada firmemente, para que não oferecesse a menor resistência. Billing, aflito para salvar a filha, concordou sem pensar duas vezes. Obtendo assim poder total sobre Rinda, Odin obrigou-a a se casar com ele, desamarrando-a e liberando-a do encantamento apenas depois de ela ter jurado fielmente ser sua esposa.

O nascimento de Vali

A profecia de Rossthiof então estava cumprida, pois Rinda de fato gerou um menino chamado Vali (Ali, Bous ou Beav), uma personificação dos dias mais longos, que cresceu com fantástica rapidez no decurso de um único dia e atingiu a idade adulta. Sem esperar sequer para lavar o rosto ou pentear o cabelo, esse jovem deus correu para Asgard, de arco e flecha na mão, para vingar a morte de Balder contra seu assassino, Höder, o deus cego da escuridão.

> *Mas veja! O vingador, Vali, vem vindo,*
> *Nascido do oeste, no ventre de Rinda,*
> *Filho de Odin, com um dia de idade!*
> *Na terra não se deterá, nem há de*
> *Os cachos pentear, mãos lavar,*
> *O corpo descansar, ainda que deseje,*
> *Até que a missão complete*
> *E a morte de Balder vingue.*
> VALHALLA, J.C. JONES

Nesse mito, Rinda, uma personificação da crosta congelada da terra, resiste ao cortejo caloroso do sol, Odin, que em vão aponta que a primavera é o tempo das empreitadas beligerantes e oferece os adornos do verão dourado. Ela se rende apenas quando, depois da chuva (o escalda-pés), começa o degelo. Então conquistada pelo irresistível poder do sol, a terra cede ao abraço dele, é libertada da maldição (gelo) que a deixou dura e fria e gera Vali, o nutriz — ou Bous, o camponês —, que emerge do abrigo escuro quando chegam os dias aprazíveis. O assassinato de Höder por Vali é, portanto, emblemático do "romper da nova luz depois da escuridão do inverno".

Vali, uma das 12 deidades que ocupavam assentos no grande salão de Gladsheim, compartilhava com seu pai o palácio chamado Valaskjalf e foi destinado, mesmo antes do nascimento, a sobreviver à última batalha e ao crepúsculo dos deuses, para então reinar com Vidar sobre a terra regenerada.

O culto a Vali

Vali é um deus da luz eterna, assim como Vidar é da matéria imperecível; e como os raios de luz eram muitas vezes chamados de flechas, ele é sempre representado e cultuado como um arqueiro. Por esse motivo, o mês de Vali nos calendários noruegueses é designado pelo signo do arco e chamado Lios-beri, o que traz a luz. Por cair entre janeiro e fevereiro, os primeiros cristãos dedicaram esse mês a São Valentim, que também era um hábil arqueiro, e se dizia, como Vali, ser o arauto de dias mais luminosos, aquele que desperta sentimentos mais ternos e o padroeiro de todos os amantes.

capítulo

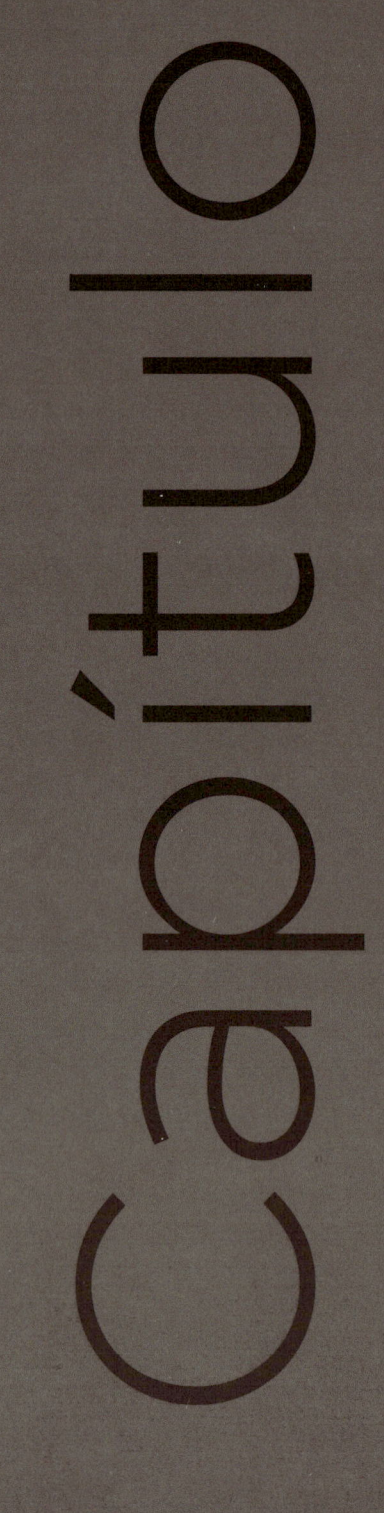

As Nornas

XVII

As Nornas
C. EHRENBERG

As três tecelãs dos destinos

As deusas nórdicas do destino, chamadas Nornas, não estavam submetidas de nenhum modo aos outros deuses, os quais não podiam questionar nem influenciar os decretos delas. Eram três irmãs, provavelmente descendentes do gigante Norvi, de quem nasceu Nótt (noite). Com o final da Idade do Ouro e o pecado avançando furtivamente pelos lares celestiais de Asgard, as Nornas apareceram embaixo do grande freixo Yggdrasil e fizeram morada perto da fonte Urdar. Segundo alguns mitógrafos, a missão das Nornas era alertar os deuses sobre o mal futuro para levá-los a fazer bom uso do presente e ensinar-lhes lições sobre o passado.

Essas três irmãs, que se chamavam Urd, Verdandi e Skuld, eram personificações do passado, do presente e do futuro. Suas principais ocupações eram tecer a teia do destino, regar diariamente a árvore sagrada com água da fonte Urdar e pôr argila úmida em volta de suas raízes, para que a árvore permanecesse sempre fresca e verde.

Eis as donzelas
Que muito conhecem;
Três do palácio
Embaixo do freixo;
Uma se chamava Foi,
A segunda, É,
A terceira, Será.
"VÖLUSPÁ" (TRADUÇÃO INGLESA DE HENDERSON)

Alguns especialistas ainda afirmam que as Nornas vigiavam as maçãs douradas que pendiam dos galhos da árvore da vida, da experiência e do conhecimento, não permitindo a ninguém além de Iduna colher o fruto, que era o alimento com o qual os deuses renovavam sua juventude.

As Nornas também alimentavam e cuidavam ternamente de dois cisnes que nadavam no espelho d'água da fonte Urdar, e desse par de aves todos os cisnes da terra supostamente descendem. Às vezes, dizia-se, as Nornas se vestiam com plumagem de cisne para visitar a terra ou nadavam como sereias ao longo da costa e em diversos lagos e rios, aparecendo diante dos mortais de vez em quando para prever o futuro ou lhes dar algum sábio conselho.

A teia das Nornas

Algumas vezes as três irmãs teciam teias tão grandes que, enquanto uma das tecelãs estava no alto de uma montanha, no extremo leste, outra vadeava ao longe no mar do oeste. Os fios de sua roca pareciam cordas e variavam muito seus matizes, segundo a natureza dos acontecimentos por vir, e um fio preto, pendido de norte a sul, era visto como prenúncio de morte. Enquanto as irmãs moviam as lançadeiras para frente e para trás, entoavam uma canção solene. Não pareciam tecer de acordo com os próprios desejos, mas cegamente, como se executassem os desejos de Örlög, a lei eterna do universo, um poder mais antigo e superior, que aparentemente não tinha nem princípio nem fim.

Duas das Nornas, Urd e Verdandi, eram na verdade muito benéficas, enquanto a terceira, diziam, incansavelmente desfazia o trabalho das outras e, muitas vezes, quando o tecido estava quase pronto, rasgava-o furiosamente em pedaços, espalhando os restos pelos ventos celestes. Como personificações do tempo, essas três deusas eram representadas como irmãs de diferentes idades e personalidades: Urd (Wurd, *weird*, estranha) aparecendo muito velha e decrépita, sempre olhando para trás, como se estivesse absorta na contemplação de acontecimentos e pessoas do passado; Verdandi, a segunda irmã, jovem, ativa e destemida, olhando sempre o que havia diante de si; enquanto Skuld, símbolo do futuro, era geralmente representada portando um véu cerrado, com a cabeça voltada para a direção oposta ao olhar de Urd e segurando um livro ou pergaminho ainda não desenrolado.

Essas Nornas eram visitadas diariamente pelos deuses, que adoravam consultá-las; e até Odin ia até a fonte Urdar com frequência para pedir ajuda, pois elas geralmente respondiam suas perguntas, mantendo silêncio apenas quanto ao destino dele e o dos outros deuses.

> Desde longe e bem depressa
> Ele chegou sob a grande Árvore da Vida,
> Procurando junto à fonte
> Urdar, Norna do Passado;
> Mas seus olhos para trás
> Nada puderam revelar.
> Na página de Verdandi,
> Sombras males prenunciam;
> Sombras que em Asgard pairam
> E maligna treva espalham;
> Segredo ali nenhum escrito
> Valhala, puro e belo, salvaria.
> A caçula do fraterno trio,
> Skuld, Norna do Porvir,
> Pediu a fala, parou calada —
> Desviando olhos marejados.
> VALHALLA, J.C. JONES

Outros espíritos guardiões

Além das três Nornas principais havia muitas outras, bem menos importantes, que parecem ter sido os espíritos guardiões da humanidade, à qual costumavam aparecer concedendo com generosidade todo tipo de dádivas a seus favoritos, e raramente se ausentavam dos nascimentos, casamentos e mortes.

> Múltipla é sua linhagem, e quem a todos avisará?
> Há quem reine sobre homens, e astros que se erguem e caem.
> SIGURD THE VOLSUNG [SIGURD, O VOLSUNGO],
> WILLIAM MORRIS

A história de Nornagesta

Certa ocasião, as três irmãs visitaram a Dinamarca, e entraram na casa de um nobre no momento em que seu primeiro filho vinha ao mundo. Ao entrar no quarto onde a mãe estava deitada, a primeira Norna prometeu que o menino seria bonito e corajoso, e a segunda, que ele seria próspero e um grande escaldo — previsões que encheram os pais de alegria. A notícia do nascimento se espalhou, e os vizinhos foram em fila visitar o quarto. A multidão curiosa então, empurrando-se e esbarrando-se, acabou fazendo a terceira Norna ser rudemente derrubada de sua cadeira.

Furiosa com esse insulto, Skuld se levantou cheia de orgulho e declarou que as dádivas das irmãs não adiantariam nada, pois ela decretava que o menino só viveria enquanto durasse a vela acesa ao lado da cama. Essas palavras agourentas encheram o coração da mãe de terror, e ela apertou o bebê contra o peito trêmula, pois a vela estava no final e não demoraria muito para se esgotar. A Norna mais velha, contudo, não tinha intenção de ver sua previsão malograda. Mas como não podia obrigar a irmã a retirar suas palavras, rapidamente pegou a vela, apagou a chama, e dando o toco fumegante para a mãe da criança, mandou que guardasse o toco de vela como um tesouro e nunca mais a acendesse até seu filho estar cansado de viver.

Era noite na casa nobre:
As Nornas vieram
A vida do príncipe
Determinar.
SÆMUND'S EDDA [EDDA DE SEMUNDO]
(TRADUÇÃO INGLESA DE THORPE)

O menino foi chamado Nornagesta, em homenagem às Nornas, e quando cresceu se tornou bonito, corajoso e talentoso, como toda mãe desejaria. Quando ele atingiu idade suficiente para entender a gravidade das coisas, a mãe lhe contou a história da visita das Nornas e pôs na mão dele o toco de vela, que ele guardou como um tesouro por muitos anos, conservando-o em segurança dentro do corpo de sua harpa.

Quando os pais morreram, Nornagesta perambulou de lugar em lugar, tomando parte e se distinguindo em todas as batalhas, cantando seus lais heroicos aonde quer que fosse. Como tinha um temperamento entusiasmado e poético, ele não se cansou tão cedo da vida e, enquanto outros heróis iam ficando enrugados e velhos, permaneceu com um coração jovem e um corpo vigoroso. Ele testemunhou, portanto, as temerárias proezas das eras heroicas, foi o valoroso companheiro dos antigos guerreiros e, depois de viver trezentos anos, viu a crença nos antigos deuses pagãos gradualmente ser suplantada pelos ensinamentos dos missionários cristãos. Por fim, Nornagesta foi para a corte do rei Olavo Tryggvason, que, segundo o costume, converteu-o quase à força e obrigou-o a receber o batismo. Então, querendo convencer o povo de que a época da superstição ficara no passado, o rei obrigou o velho escaldo a entregar e acender o toco de vela que ele guardara com todo o cuidado por mais de três séculos.

Apesar da recente conversão, Nornagesta observou com ansiedade a chama bruxulear e, quando finalmente ela se apagou, caiu sem vida no chão, provando assim que, apesar do batismo recebido, ele ainda acreditava na previsão das Nornas.

Na Idade Média, e mesmo depois, as Nornas figuram em muitas histórias e mitos, aparecendo como fadas ou bruxas, como na fábula *A bela adormecida* e na tragédia *Macbeth*, de Shakespeare.

Primeira Bruxa
Quando iremos nos juntar?
Com a chuva a trovoar?

Segunda Bruxa
Só com a bulha arrefecida,
Ganhar a luta perdida.

Terceira Bruxa
Antes da noite caída.
MACBETH, SHAKESPEARE

As Valas

Às vezes, as Nornas levavam o nome de Valas, ou profetisas, pois tinham o poder da adivinhação — um poder que era considerado uma grande honra por todos os povos nórdicos, que acreditavam ser exclusivo do sexo feminino. As previsões das Valas jamais eram questionadas, e dizia-se que o general romano Druso ficou tão aterrorizado com a aparição de Veleda, uma dessas profetisas, alertando-o para não cruzar o Elba, que ele de fato bateu em retirada. Ela previu a aproximação de sua morte, o que se concretizou pouco depois, após uma queda de seu cavalo.

Essas profetisas, que eram conhecidas como Idises, Dises ou Hagedisis, oficiavam em santuários na floresta e nos bosques sagrados, e sempre acompanhavam exércitos invasores. Cavalgando na frente, ou no meio da hoste, elas veementemente instavam os guerreiros à vitória e, quando a batalha terminava, costumavam fazer águias sangrentas. O sangue era coletado em grandes tinas, nas quais as Dises mergulhavam seus braços nus até os ombros, antes de se juntar à dança febril com a qual a cerimônia se encerrava.

Não é de espantar que essas mulheres fossem muito temidas. Sacrifícios eram oferecidos para conquistar seus favores, e só muito mais tarde elas foram rebaixadas à categoria de bruxas e enviadas para se reunir à hoste dos demônios no Brocken, ou Brockula, durante a *Walpurgisnacht*.

Além das Nornas ou Dises, que também eram consideradas deidades protetoras, os nórdicos atribuíam a cada ser humano um espírito guardião chamado Fylgja, que cuidava do indivíduo por toda a vida, tanto em forma humana como em forma animal. Exceto no momento da morte, esse espírito era invisível para todos, a não ser pelos poucos iniciados capazes de vê-lo.

O significado alegórico das Nornas e sua teia do destino é patente demais para necessitar de explicações; ainda outros mitógrafos fizeram delas demônios do ar e afirmaram que sua teia era a trama das nuvens, e as faixas de neblina que elas amarravam entre as pedras e as árvores, e de montanha em montanha, eram bruscamente rasgadas pelo vento súbito. Alguns especialistas, além disso, declaram que Skuld, a terceira Norna, era às vezes uma Valquíria, e outras vezes personificava a deusa da morte, a terrível Hel.

As Dises
DOROTHY
HARDY

capítulo

As Valquírias

XVIII

A cavalgada das Valquírias
J.C. DOLLMAN

As donzelas guerreiras

As ajudantes especiais de Odin, as Valquírias, ou donzelas guerreiras, eram ora suas filhas, como Brunhilda, ora filhas de reis mortais. Tinham o privilégio de permanecer imortais e invulneráveis desde que implicitamente obedecessem ao deus e continuassem virgens. Elas e seus corcéis eram personificações das nuvens, suas armas reluzentes sendo os lampejos dos relâmpagos. Os antigos imaginavam que elas desciam à terra sob comando do Valfodr para escolher, entre os heróis mortos em combate, quais desfrutariam as alegrias de Valhala e seriam corajosos o bastante para ajudar os deuses quando a grande batalha final fosse travada.

> *No campo de batalha, onde homens caem depressa,*
> *Seus cavalos afundando em sangue, elas galopam,*
> *E recolhem os mais bravos dos guerreiros mortos,*
> *Que levam de volta consigo, à noite, para o Céu*
> *Para alegrar os deuses, à mesa do salão de Odin.*
> BALDER DEAD [BALDER MORTO],
> MATTHEW ARNOLD

Essas donzelas eram representadas como jovens e bonitas, com ofuscantes braços alvos e cabelos dourados soltos. Elas usavam elmos de prata ou ouro, couraças vermelho-sangue e lanças e escudos reluzentes. Elas galopavam ousadamente pela refrega em seus corcéis brancos valorosos. Esses cavalos percorriam domínios do ar e passavam pela tremeluzente Bifrost, levando não apenas as belas cavaleiras, mas também os heróis mortos, que logo depois de receber o beijo da morte das Valquírias eram transportados a Valhala.

Os corcéis das nuvens

Como os corcéis das Valquírias eram personificações das nuvens, imaginava-se que o granizo e o orvalho caíssem na terra de suas crinas cintilantes quando corriam rapidamente para lá e para cá pelo ar. Eles eram portanto extremamente honrados e tidos em alta consideração pelo povo, que atribuía à influência benéfica deles boa parte da fertilidade da terra, da doçura dos vales e das encostas das montanhas, da glória dos pinheiros e da nutrição da campina.

Seletoras dos imolados

A missão das Valquírias não se limitava aos campos de batalha na terra; elas também costumavam cavalgar sobre o mar, apanhando os vikings mortos em seus barcos draconiformes naufragados. Às vezes, elas ficavam na praia e acenavam para eles, um aviso infalível de que o combate vindouro seria o último, oportunidade que todo herói nórdico recebia com alegria.

> *Lentamente elas se moveram até a orla;*
> *E as formas, conforme ficaram mais claras,*
> *Pareciam todas em corcéis claros montadas,*
> *E um escudo escuro ergueram,*
> *E acenaram com mãos difusas*
> *Da praia preta e pedregosa,*
> *Apontando lanças luzidias.*
>
> *Então ele sentiu tamanha calma*
> *Diante daquela gente de outro mundo;*
> *Pois sabia bem serem filhas de Valhala,*
> *As seletoras dos defuntos!*
> "VALKYRIUR SONG" [CANÇÃO DAS VALQUÍRIAS],
> FELICIA HEMANS

Demografia e deveres das Valquírias

Embora a quantidade de Valquírias varie bastante segundo os diferentes mitógrafos, indo de três a 16, a maioria dos especialistas nomeia apenas nove. As Valquírias eram consideradas divindades do ar, e também chamadas de Nornas ou donzelas do desejo. Dizia-se que Freya e Skuld as conduziam às batalhas.

> *Ela viu Valquírias*
> *Vindo de longe,*
> *Prontas para partir*
> *Para as tribos divinas;*
> *Skuld leva o escudo,*
> *Skögul vem atrás,*
> *Gunnr, Hildr, Göndul,*
> *E Geirskögul.*
> *Assim se chamavam*
> *As Nornas dos Guerreiros.*
> SÆMUND'S EDDA [EDDA DE SEMUNDO]
> (TRADUÇÃO INGLESA DE HENDERSON)

Essas donzelas assumiam importantes deveres em Valhala; quando depunham suas armas ensanguentadas, elas serviam o hidromel celestial aos Einherjar. Essa bebida deliciava as almas dos recém-chegados, e eles agradeciam às belas donzelas tão calorosamente quanto da primeira vez em que as viram no campo de batalha e se deram conta de que elas tinham ido buscá-los para levá-los aonde eles iriam de bom grado.

> *Na sombra, formas altas avançam,*
> *E suas mãos como flocos de neve ao luar cintilam;*
> *Acenam, sussurram, "Ó forte Armado e Valoroso,*
> *Os convidados lá te esperam — borbulha hidromel em Valhala."*
> "FINN'S SAGA" [SAGA FINLANDESA], MARY ELIZABETH HEWITT

Weiland e as Valquírias

Acreditava-se que as Valquírias costumavam voar para a terra usando plumagem de cisne, que tiravam quando chegavam a um trecho isolado de rio, em que se podiam dar ao luxo de se banhar. Qualquer mortal que as surpreendesse nesse momento, roubando sua plumagem, poderia impedi-las de deixar a terra e até obrigar uma dessas donzelas orgulhosas a se deitar com ele, se assim o desejasse.

Conta-se que três Valquírias, Olrun, Alvit e Svanhvit, um dia brincavam na água, quando de repente três irmãos, Egil, Slagfinn e Völund, ou Weiland, o ferreiro, abordaram-nas e, apossando-se da plumagem de cisne, os rapazes as obrigaram a permanecer na terra e se tornar suas esposas. As Valquírias, assim capturadas, permaneceram com seus maridos por nove anos, mas ao final desse período, recuperando sua plumagem ou quebrando o feitiço de alguma outra forma, conseguiram escapar.

Lá permaneceram
Sete invernos inteiros;
Mas o oitavo se passou
De saudades possuído;
E o nono decorrido
O destino os separou.
As donzelas ansiavam
Pelo bosque sombrio,
A jovem Alvit,
Seu destino cumprir.
LAY OF VÖLUND [LAI DE VÖLUND]
(TRADUÇÃO INGLESA DE THORPE)

Os irmãos abalaram-se com a perda das esposas, e dois deles, Egil e Slagfinn, calçando os sapatos de neve, partiram à procura de suas amadas, desaparecendo nas regiões frias e brumosas do Norte. Já o terceiro irmão, Völund, permaneceu em casa, sabendo que as buscas seriam inúteis, e encontrou consolo na contemplação de um anel que Alvit lhe dera como um símbolo de amor, cultivando a esperança de que ela voltaria. Como era um ferreiro muito inteligente e capaz de fabricar os mais sofisticados ornamentos de prata e ouro, assim como armas mágicas que golpe nenhum podia romper, ele então dedicou-se à produção de setecentos anéis idênticos ao que a esposa lhe dera. Depois de prontos, Völund guardou todos os anéis juntos. Mas uma noite, voltando para casa de uma caçada, percebeu que alguém havia roubado uma das joias, deixando as outras para trás, e sua esperança teve nova inspiração, pois ele pensou consigo mesmo que a esposa havia passado por ali e que em breve voltaria definitivamente.

Naquela mesma noite, contudo, o rapaz foi surpreendido enquanto dormia, sendo agrilhoado e feito prisioneiro por Nidud, rei da Suécia. Este se apoderou de sua espada — uma arma favorita dotada de poderes mágicos, que o rei reservou para seu uso pessoal — e do anel do amor feito do puro ouro do Reno, que mais tarde daria à sua única filha, Bodvild. Quanto ao infeliz Völund, ele foi conduzido como prisioneiro a uma ilha vizinha, onde, depois de ter os tendões cortados para que não tentasse escapar, o rei o incumbiu de forjar armas e ornamentos para o reino, sem descanso. Ele também foi obrigado a construir um intrincado labirinto, e até hoje na Islândia labirintos são chamados de "casa de Völund".

A fúria e o desespero de Völund aumentaram a cada novo insulto de Nidud, e noite e dia ele pensou em uma forma de se vingar. O jovem ferreiro também não parou de planejar sua fuga, e durante as pausas no trabalho elaborou um par de asas similar às que sua esposa usava como Valquíria, que ele tinha intenção de vestir assim que sua vingança se realizasse. Certa vez, o rei foi visitar seu prisioneiro e levou consigo a espada roubada para que o ferreiro a consertasse. Völund, agindo com astúcia, substituiu a espada mágica por outra idêntica para enganar o rei. Alguns dias depois, o rapaz convenceu os filhos do rei a entrar em sua oficina e os matou, e depois fabricou com seus crânios taças de bebida, com joias no lugar dos olhos e dos dentes, e entregou essas taças aos pais e à irmã dos mortos.

Mas seus crânios
Sob os cabelos
Ele de prata revestiu
E a Nidud ofertou;
E nos olhos preciosas
Pedras cravejou,
E à esposa de Nidud

> *Astuta enviou;*
> *Mas dos dentes*
> *Dos dois irmãos*
> *Camafeus ele fez*
> *E para Bodvild deixou.*
>
> LAY OF VÖLUND [LAI DE VÖLUND]
> (TRADUÇÃO INGLESA DE THORPE)

A família real não desconfiou da procedência daqueles itens; e assim os presentes foram recebidos com alegria. Quanto aos pobres rapazes, acreditaram que tivessem sido levados pelo mar e morrido afogados.

Algum tempo depois, Bodvild, no intuito de consertar seu anel, também visitou a oficina do ferreiro, onde, enquanto esperava, sem perceber ingeriu uma droga mágica, que a fez adormecer, deixando-a sob o poder de Völund. Com o último ato de sua vingança realizado, imediatamente vestiu as asas que havia preparado justamente para aquele dia e, tomando a espada e o anel, ergueu-se lentamente no ar. Dirigindo seu voo ao palácio, ele pousou em um ponto fora do alcance do rei e proclamou seus crimes a Nidud. O rei, enlouquecido de raiva, chamou Egil, irmão de Völund, que também estava sob seu poder, e mandou que ele usasse sua extraordinária habilidade como arqueiro para derrubar aquela ave insolente. Obedecendo a um sinal de Völund, Egil apontou para uma protuberância sob a asa, onde uma bexiga cheia de sangue da princesa estava escondida, e o ferreiro foi embora voando, triunfante e ileso, dizendo que Odin daria sua espada a Sigmund — uma previsão que seria devidamente realizada.

Völund então foi a Alfheim, onde, segundo a lenda, ele encontrou sua amada esposa e viveu feliz para sempre com ela até o crepúsculo dos deuses.

Mas, mesmo em Alfheim, esse perspicaz ferreiro continuou exercendo seu ofício, e vários conjuntos de armaduras impenetráveis, que dizem ter sido feitas por ele, são descritas em poemas heroicos posteriores. Além de Balmung e Joyeuse, célebres espadas de Sigmund e Carlos Magno, conta-se que ele forjou Miming para seu filho Heime, além de muitas outras lâminas famosas.

É o dono de Miming
Rei de todas as espadas,
E a forjou Weiland,
Bitterfer é chamada.

POESIA ANGLO-SAXÃ
(TRADUÇÃO INGLESA DE CONYBEARE)

Há inúmeras outras histórias de donzelas-cisnes, ou Valquírias, que supostamente se relacionaram com mortais; mas a mais popular de todas elas é a de Brunhilda, a esposa de Sigurd, este descendente de Sigmund e o mais famoso dos heróis nórdicos.

William Morris, em "The Land East of the Sun and West of the Moon" [A terra a leste do Sol e a oeste da Lua], fornece uma versão fascinante de outra dessas lendas nórdicas. A história é uma das mais encantadoras da coletânea *The Earthly Paradise* [O paraíso terrestre].

Brunhilda

A história de Brunhilda é encontrada sob muitas formas. Algumas versões descrevem a heroína como filha de um rei, levada por Odin para servir em seu bando de Valquírias, outras como chefe das Valquírias e filha do próprio Odin. No libreto da ópera de Richard Wagner, *O Anel do Nibelungo*, o grande músico apresenta uma concepção particularmente atraente, embora mais moderna, da chefe das donzelas guerreiras e de sua desobediência à ordem de Odin quando mandou que ela tirasse o jovem Sigmund do lado de sua amada Sieglinde e o levasse aos Salões dos Abençoados.

DIREÇÃO EDITORIAL
Daniele Cajueiro

EDITORA RESPONSÁVEL
Ana Carla Sousa

PRODUÇÃO EDITORIAL
Adriana Torres
Mariana Bard
Mariana Oliveira

REVISÃO DE TRADUÇÃO
Beatriz D'Oliveira

REVISÃO
Laura Folgueira
Luiz Felipe Fonseca
Mariana Gonçalves

CAPA, PROJETO GRÁFICO
DE MIOLO E DIAGRAMAÇÃO
Estúdio Versalete

Este livro foi impresso em 2021
para a Nova Fronteira.